经典古诗词袖珍本系列

李白诗词赏析
LIBAI SHICI SHANGXI

融媒体版

王建忠 ◎ 主编

商务印书馆 国际有限公司

中国·北京

图书在版编目(CIP)数据

李白诗词赏析:融媒体版 / 王建忠主编. -- 北京:商务印书馆国际有限公司, 2021.6
(经典古诗词袖珍本系列)
ISBN 978-7-5176-0837-0

Ⅰ.①李… Ⅱ.①王… Ⅲ.①李白(701-762)-唐诗-诗歌欣赏 ②李白(701-762)-词(文学)-诗歌欣赏 Ⅳ.①I207.2

中国版本图书馆 CIP 数据核字(2021)第 087701 号

LIBAI SHICI SHANGXI
李白诗词赏析

主　　编	王建忠
出版发行	商务印书馆国际有限公司
地　　址	北京市朝阳区吉庆里 14 号楼 佳汇国际中心 A 座 12 层
邮　　编	100020
电　　话	010-65592876(编校部) 010-65598498(市场营销部)
网　　址	www.cpi1993.com
印　　刷	北京中科印刷有限公司
开　　本	787mm×1092mm　1/64
字　　数	71 千字
印　　张	3.25
版　　次	2021 年 6 月第 1 版第 1 次印刷
书　　号	ISBN 978-7-5176-0837-0
定　　价	18.00 元

版权所有·违者必究
如有印装质量问题,请与我公司联系调换。

李白简介

　　李白(701—762),字太白,号青莲居士,唐代伟大的浪漫主义诗人,被后人誉为"诗仙",与杜甫并称为"李杜"。作品有《李太白集》传世。诗歌风格豪迈奔放,清新飘逸,想象丰富。同时,李白的词在词史上具有开创性。

目 录

访戴天山道士不遇 …………………… 001

上李邕 ……………………………… 003

登锦城散花楼 ………………………… 005

峨眉山月歌 …………………………… 007

渡荆门送别 …………………………… 008

望庐山瀑布(其二) …………………… 010

长干行(其一) ………………………… 012

阳叛儿 ………………………………… 015

望庐山五老峰 ………………………… 017

望天门山 ……………………………… 018

襄阳歌 ………………………………… 019

金陵酒肆留别 ………………………… 022

示金陵子 ……………………………… 024

金陵城西楼月下吟	025
山中答俗人问	027
黄鹤楼送孟浩然之广陵	028
长相思（其一）	031
赠裴十四	033
乌栖曲	035
江上吟	037
江夏别宋之悌	040
春夜洛城闻笛	042
客中作	043
嘲鲁儒	045
赠孟浩然	047
送友人	049
南陵别儿童入京	051
白云歌送刘十六归山	053
乌夜啼	055
塞下曲六首（其一）	056
塞下曲六首（其二）	058

塞下曲六首(其三)	060
塞下曲六首(其四)	062
塞下曲六首(其五)	063
塞下曲六首(其六)	064
灞陵行送别	066
送友人入蜀	068
望终南山寄紫阁隐者	070
下终南山过斛斯山人宿置酒	072
登太白峰	075
蜀道难	077
春思	083
清平调(三首其一)	085
清平调(二首其二)	086
清平调(三首其三)	087
行路难(三首其一)	089
行路难(三首其二)	092
行路难(三首其三)	095
玉壶吟	098

把酒问月	101
月下独酌（其一）	103
送贺宾客归越	106
鲁郡东石门送杜二甫	108
梦游天姥吟留别	110
沙丘城下寄杜甫	115
丁都护歌	117
越中览古	119
登金陵凤凰台	120
苏台览古	122
闻王昌龄左迁龙标遥有此寄	123
金乡送韦八之西京	125
梁甫吟	126
将进酒	132
北风行	136
远别离	139
宣州谢朓楼饯别校书叔云	142
秋登宣城谢朓北楼	144

古朗月行	146
独坐敬亭山	148
哭晁卿衡	149
秋浦歌(十七首其十四)	150
秋浦歌(十七首其十五)	151
清溪行	152
赠汪伦	153
宣城见杜鹃花	155
独漉篇	156
永王东巡歌(其十一)	159
上三峡	160
早发白帝城	162
巴陵赠贾舍人	164
与史郎中钦听黄鹤楼上吹笛	166
鹦鹉洲	167
夜泊牛渚怀古	169
哭宣城善酿纪叟	171
夜下征虏亭	172

临路歌	173
古风(其三)	175
古风(其十)	177
古风(其二十四)	179
古风(其三十五)	181
静夜思	183
子夜吴歌(春歌)	184
子夜吴歌(夏歌)	186
子夜吴歌(秋歌)	188
子夜吴歌(冬歌)	189
关山月	190
山中与幽人对酌	192
夜宿山寺	193
菩萨蛮	194
忆秦娥	197

访戴天山道士不遇①

犬吠水声中②,桃花带露浓。
树深时见鹿③,溪午不闻钟。
野竹分青霭④,飞泉挂碧峰⑤。
无人知所去,愁倚两三松⑥。

注释 ①戴天山:又名大匡山、大康山,在今四川江油。②犬吠:狗叫。③树深:树林的深处。时:不时。④分:分开。青霭(ǎi):山中云气。⑤挂:悬挂。碧:碧绿,翠绿。⑥愁:忧愁。倚:斜靠。

导读 这是一首写景诗,作于诗人在戴天山大明寺读书时,主要描写诗人在优美的山水中寻访道士而不遇的所见所想。

愁倚两三松

上 李 邕①

大鹏一日同风起②,扶摇直上九万里③。
假令风歇时下来④,犹能簸却沧溟水⑤。
世人见我恒殊调⑥,闻余大言皆冷笑⑦。
宣父犹能畏后生⑧,丈夫未可轻年少⑨。

注释 ①上:进献,送上。李邕:唐代书法家。②大鹏:传说中的一种大鸟,这里指代志向高远者。③扶摇直上:大的旋风旋转着盘旋而上。扶摇:自下而上的旋风。④假令:假使,即使。⑤犹:尚,还。簸却:激起,扬起。沧溟:大海。⑥恒:经常,常常。殊调:不同一般流俗的言行。⑦余:我。大言:这里指志向高远的言论,自命不凡的言论。冷笑:嘲笑。⑧宣父:即孔子,唐太宗

贞观年间诏尊孔子为宣父。畏：敬畏。⑨丈夫：古代男子的通称，这里指代李邕。轻：轻视。

导读 这是一首抒情诗，大概作于开元七年（719）至九年（721），当时李邕任渝州（今重庆）刺史。李白因为不拘俗礼而让李邕"颇自矜"，李白写了这首诗，以大鹏自喻，表达自己雄心壮志的同时，对李邕的自负和傲慢也进行了冷嘲热讽。

登锦城散花楼①

日照锦城头,朝光散花楼②。

金窗夹绣户③,珠箔悬银钩④。

飞梯绿云中⑤,极目散我忧⑥。

暮雨向三峡⑦,春江绕双流⑧。

今来一登望,如上九天游⑨。

注释 ①锦城:四川成都的别称。散花楼:位于四川成都,隋末蜀王杨秀所建。②朝光散花楼:朝阳使得散花楼发出光亮。朝:早晨的太阳。光:使动用法,使……发光。③金窗:用金装饰的窗户,形容散花楼富丽堂皇。绣户:用刺绣装饰的门户。④珠箔:用竹子串起来的帘子。箔:原意为竹帘子。悬:挂。银钩:用银制作的帘钩。⑤飞梯:

高楼上架的梯子非常高,形容楼之高。⑥极目:尽力远眺。散我忧:使我的忧愁消散。⑦暮雨:晚上下雨的时候。⑧春江:春天的江水,这里指江水。双流:今四川成都双流。⑨上:登上。九天:即天。游:游览。

导读 这是一首写景诗,作于唐玄宗开元十年(722),当时李白二十二岁。这首诗用白描的手法,抒写了登上成都散花楼的所见。此诗清新流丽,写景如画,末句流露出李白初到城市耳目一新的喜悦心情。

峨眉山月歌①

峨眉山月半轮秋②,影入平羌江水流③。
夜发清溪向三峡④,思君不见下渝州⑤。

注释 ①峨眉:中国名胜之一,在今四川西南。②半轮秋:半圆的秋月。③影:影子。平羌:今青衣江,流经峨眉山下,汇入岷江。④夜:今夜,今晚。发:出发。清溪:即清溪驿,在四川犍为。⑤君:指诗人的朋友。下:顺流而下。渝州:今重庆一带。

导读 这是一首借景抒情诗。这首诗意境明朗优美,语言浅显,音韵流畅,表达了诗人对家乡山水的依恋和对友人的思念。

渡荆门送别

渡远荆门外①,来从楚国游②。
山随平野尽③,江入大荒流④。
月下飞天镜,云生结海楼⑤。
仍怜故乡水⑥,万里送行舟。

注释 ①荆门:即荆门山,在今湖北宜都西北的长江南岸,山势险峻,是战国时楚国的门户。②从:跟从,跟随。楚国:今湖南、湖北一带,古楚国之地。③随:随着。平野:平坦广阔的原野。尽:终止。④入:流入。大荒:广阔无际的田野。⑤结:凝聚,凝结。海楼:海市蜃楼,这里形容长江上云蒸霞蔚的美丽景象。⑥怜:喜爱。故乡水:李白小时候生活在四川,这里的故乡水指四川的

江水。

导读 这是一首借景抒情诗,作于唐玄宗开元十三年(725)。诗人第一次远离故乡,去楚地漫游。诗人借景抒情,描写了对四川家乡山水的喜爱之情。

望庐山瀑布①(其二)

日照香炉生紫烟②,遥看瀑布挂前川③。
飞流直下三千尺④,疑是银河落九天⑤。

注释 ①庐山:在江西九江。②香炉:指庐山北部山峰,峰顶云雾如香烟缭绕。生紫烟:瀑布附近的水汽,在阳光照耀下呈现紫色,仿佛烟云一般。③遥看:从远处观看。川:河流,这里指代瀑布。④直:不弯曲,笔直。三千尺:约数,这里运用夸张的手法。⑤疑:怀疑。九天:古人认为天有九重,这里指天的最高处。

导读 这是一首写景诗,作于唐玄宗开元十三年(725)。这首诗生动地描绘了庐山瀑布壮丽、雄奇的景色,反映了诗人对祖国大好河山的无限热爱。这首诗充分体现出李白诗歌丰富的想象力、神奇夸张的艺术特色。

遥看瀑布挂前川

长干行①(其一)

妾发初覆额②,折花门前剧③。
郎骑竹马来④,绕床弄青梅⑤。
同居长干里⑥,两小无嫌猜⑦。
十四为君妇,羞颜未尝开⑧。
低头向暗壁,千唤不一回。
十五始展眉⑨,愿同尘与灰⑩。
常存抱柱信⑪,岂上望夫台⑫。
十六君远行,瞿塘滟滪堆⑬。
五月不可触,猿声天上哀。
门前迟行迹⑭,一一生绿苔⑮。
苔深不能扫,落叶秋风早。
八月蝴蝶来⑯,双飞西园草。
感此伤妾心⑰,坐愁红颜老⑱。
早晚下三巴⑲,预将书报家。

相迎不道远⑳,直至长风沙㉑。

注释 ①长干行:乐府旧题,属《杂曲歌辞》。②妾:古代妇女自称的谦辞。初覆额:刘海开始盖住前额,这里指头发短,年纪小。③剧:游戏,嬉戏。④骑竹马:一种儿童游戏,用竹竿当马骑。⑤床:指唐代的胡床。弄:摘取。⑥长干里:地名,在今江苏南京,当时是船民聚居之地。⑦嫌猜:疑忌,猜忌。⑧羞颜:颜面害羞。⑨展眉:眉宇展开,指懂得人事。⑩愿同尘与灰:愿意和你一起化作尘灰,意思是和夫君永远在一起。⑪抱柱信:典出《庄子》,尾生与女子相约桥下,女子未到而突然涨水,尾生守信不肯离去,最后大水把尾生淹死了。这里表示女子对丈夫的忠诚。⑫望夫台:丈夫

外出,妻子经常在江边的石台上眺望,最后化成一块石头。⑬瞿塘:即瞿塘峡,长江三峡之一。滟滪堆:瞿塘峡口的一块大礁石,每年农历五月上涨的江水会把滟滪堆淹没,船行此容易触礁。⑭迟:慢,缓慢。行迹:行踪。⑮绿苔:青青的苔藓。⑯蝴蝶来:这里指秋天蝴蝶飞来飞去。⑰此:指上文蝴蝶"双飞西园草"。⑱坐:由于,因为。⑲早晚:这里指迟早,什么时候。三巴:指巴郡、巴东、巴西,三者在今四川。⑳道:说,谈论。㉑长风沙:地名,在今安徽安庆东的江边上,距离南京七百多里。

导读 这是一首闺怨诗。丈夫远行未归,妻子在家回忆了他们相知相恋相爱的经过,以及对丈夫远行担忧和相思的心理活动,表明她愿意和丈夫白头到老永不分离的决心。

阳 叛 儿[①]

君歌《阳叛儿》[②],妾劝新丰酒[③]。

何许最关人[④]?乌啼白门柳[⑤]。

乌啼隐杨花[⑥],君醉留妾家[⑦]。

博山炉中沉香火[⑧],双烟一气凌紫霞。

注释 ①阳叛儿:也作"杨叛儿",原为南北朝时的童谣,后来成为乐府诗题。②君:对男子的尊称。歌:唱。③妾:女子自称的谦辞。新丰酒:新丰产的酒,比较有名,这里指代美酒。④何许:何处,哪里。关人:牵动人心。⑤乌啼:乌鸦啼叫。白门柳:白门一带的柳树。白门:西城门,今江苏南京城西。⑥隐:隐没。⑦留:留宿。⑧博山炉:又叫博山香炉、博山香薰、博山薰炉等,常

见的焚香所用器具。

导读 李白这首《阳叛儿》运用比兴的手法,写了一对两情相悦的男女由唱歌、饮酒到最后留宿的故事,使得一对处于热恋中的青年形象活灵活现,跃然纸上。

望庐山五老峰

庐山东南五老峰①,青天削出金芙蓉②。
九江秀色可揽结③,吾将此地巢云松④。

注释 ①五老峰:位于庐山东南面的五座山峰,因为形状如五位老人而得名。②削:原指用刀削刮,这里把青天比作刀。芙蓉:莲花。③九江:长江从江西九江而分九派。秀色:这里指代九江的秀丽风景。揽结:采摘,收取。④巢:筑巢,这里指隐居。云松:云海和松柏,指代幽静的环境。

导读 这是一首写景诗,大概作于唐玄宗开元十三年(725)。诗人登高望远,运用大胆的夸张和比喻,描写了五老峰周围优美的景色,这些景色也激发了他的出世思想。

望天门山

天门中断楚江开①,碧水东流至此回②。
两岸青山相对出③,孤帆一片日边来。

注释 ①天门:天门山,在今安徽当涂西南的长江两岸,因形似天门而得名。中断:指东西两山之间被江水隔断。楚江:安徽古属楚国,故流经这里的长江又称楚江。②至此回:长江流经当涂,突然向北拐弯,所以说"至此回"。③两岸青山:指博望山和梁山。出:出现。

导读 这是一首写景诗,作于唐玄宗开元十三年(725)。诗人初次见到天门山,就被它美丽的景色所折服。在优美的景色描绘中,读者能够感受到诗人对祖国山河的无比热爱。

襄 阳 歌①

落日欲没岘山西②,倒著接䍦花下迷③。
襄阳小儿齐拍手,拦街争唱《白铜鞮》④。
旁人借问笑何事⑤,笑杀山公醉似泥⑥。
鸬鹚杓,鹦鹉杯⑦。
百年三万六千日,一日须倾三百杯。
遥看汉水鸭头绿⑧,恰似葡萄初酦醅⑨。
此江若变作春酒⑩,垒曲便筑糟丘台⑪。
千金骏马换小妾,醉坐雕鞍歌《落梅》⑫。
车旁侧挂一壶酒,凤笙龙管行相催⑬。
咸阳市中叹黄犬⑭,何如月下倾金罍⑮?
君不见晋朝羊公一片石,龟头剥落生莓苔⑯。
泪亦不能为之堕,心亦不能为之哀。
清风朗月不用一钱买,玉山自倒非人推⑰。

舒州杓，力士铛[18]，李白与尔同死生[19]。
襄王云雨今安在[20]？江水东流猿夜声。

注释 ①襄阳：地名，今湖北襄阳。②岘（xiàn）山：又名岘首山或三岘山，在湖北襄阳南，是一座历史文化名山。③倒著接䍦花下迷：晋代山简的典故，描写山简醉酒后的状态。典出《晋书·山简传》："简每出嬉游，多之池上，置酒辄醉，名之曰高阳池。"当时有儿童作歌以嘲之。④争：争先恐后。《白铜鞮》：南朝梁时歌谣名。⑤借问：即若问。何事：什么事情。⑥山公：即山简。⑦鸬鹚杓：形似鸬鹚的酒杓。鹦鹉杯：形似鹦鹉嘴的酒杯。⑧鸭头绿：像鸭头毛上的颜色一样的绿色。⑨酦醅（pōpēi）：重酿而没有过滤的酒。⑩若：如果。⑪垒曲：把酒曲

堆积起来。糟丘台：酒糟可以堆积成高台，形容酿酒之多。⑫《落梅》：古笛曲名，即《梅花落》。⑬凤笙：即笙，像凤之身而名。龙管：笛子的美称。⑭叹黄犬：叹息李斯被杀之事。黄犬：秦代李斯的典故。⑮金罍(léi)：用金子装饰的大型酒器。⑯龟头：指碑座下龟形的头，这里代指碑。莓苔：青苔，苔藓。⑰玉山：言酒醉后就像玉山崩塌一样而倾倒。⑱舒州杓：舒州所产的酒器。力士铛(chēng)：一种温酒的器皿。⑲尔：你。⑳襄王云雨：典出宋玉高唐赋序，主要描绘楚王与神女相会之事。

导读 这是一首抒情诗，作于唐玄宗开元十三年(725)前后，此时诗人正在襄阳一带漫游。这首"醉酒歌"初现了李白漠视功名、狂放不羁的性格，以及追求自由的浪漫主义诗歌色彩。

金陵酒肆留别①

风吹柳花满店香②,吴姬压酒劝客尝③。
金陵子弟来相送④,欲行不行各尽觞⑤。
请君试问东流水,别意与之谁短长⑥?

注释 ①金陵:地名,今江苏南京。酒肆:酒店。留别:临别留诗给送行者。②柳花:杨柳的花。③吴姬:吴地的女子,这里借指酒店中的侍女。压酒:酒酿成时,要压酒糟以取酒。劝:劝说。④子弟:青年人,这里指李白的朋友。⑤欲行:要走的人,这里指李白。不行:送行的人,这里指金陵子弟。觞:酒杯,这里指代酒。⑥之:代指"东流水"。

导读 这是一首送别诗,作于唐玄宗开元十四年(726)春。诗人运用拟人、对比、反问等修辞手法,把对朋友的情谊尽写其中,表达了诗人与金陵子弟的深情厚谊以及依依惜别之情。

示金陵子[①]

金陵城东谁家子,窃听琴声碧窗里。
落花一片天上来,随人直渡西江水[②]。
楚歌吴语娇不成[③],似能未能最有情。
谢公正要东山妓[④],携手林泉处处行。

注释 ①示:给……看。金陵子:金陵的妓女。②西江:典出《庄子·外物》:"我且南游吴越之王,激西江之水而迎子。"泛称吴越之地的江水为西江。③楚歌:楚地的歌。吴语:吴侬软语。④谢公:指谢安隐居会稽东山,后居住金陵游玩。要:通"邀",邀请,邀约。东山妓:指谢安常携带妓女在东山游玩。

导读 这是一首赠诗,作于唐玄宗开元十四年(726)。李白畅游金陵的时候,倾慕金陵的妓女,因此写了这首缠绵而富有情致的诗赠与她,并把自己的心愿寄托其中。

金陵城西楼月下吟①

金陵夜寂凉风发,独上高楼望吴越②。
白云映水摇空城③,白露垂珠滴秋月④。
月下沉吟久不归,古来相接眼中稀⑤。
解道澄江静如练⑥,令人长忆谢玄晖⑦。

注释 ①金陵城西楼:金陵名楼,也叫"孙楚楼",因西晋诗人孙楚曾来此登高吟咏而得名。吟:吟唱,吟咏。②吴越:苏州吴郡和会稽郡,分别是吴王阖闾和越王勾践的都城,这里指代今江浙一带。③白云映水摇空城:白云和城楼一起倒映在水中,随波浮动。④白露垂珠:洁白下垂的露珠。⑤古来相接眼中稀:自古以来但能够与自己精神相通的名流寥寥无几。⑥解道:能够懂

得。澄江静如练:这是谢朓的诗句,这里指代谢朓。⑦谢玄晖:南朝齐山水诗人谢朓,字玄晖,世称"小谢"。

导读 这是一首山水诗,大概作于唐玄宗开元十四年(726)。这首诗描写了诗人登金陵城西楼的所见所感,面对云月山水的美景,他不由得发出知音难觅的慨叹。

山中答俗人问①

问余何意栖碧山②,笑而不答心自闲③。
桃花流水窅然去④,别有天地非人间⑤。

注释 ①俗人:世俗之人。②余:我,诗人自称。栖:居住。碧山:在今湖北安陆。③闲:安然,泰然。④窅(yǎo)然:深远的样子。⑤别:另外。非人间:不是人间,这里指李白所过的隐居生活。

导读 这是一首抒情诗,作于唐玄宗开元十五年(727)。诗人当时隐居在碧山桃化岩。这首诗表现了诗人对山中隐居生活的喜爱之情,但联想到诗人的曲折经历,矛盾的心理也隐含其中。

黄鹤楼送孟浩然之广陵①

故人西辞黄鹤楼②,烟花三月下扬州③。
孤帆远影碧空尽④,唯见长江天际流⑤。

注释 ①之:去。广陵:今江苏扬州一带。②故人:老朋友,这里指孟浩然。西辞:因黄鹤楼在扬州之西,故曰"西辞"。黄鹤楼:故址在今湖北武汉蛇山的黄鹤矶上。传说三国时期的费祎于此登仙乘黄鹤而去,故称黄鹤楼。原楼已毁,最新一次修葺黄鹤楼,竣工于1985年。③烟花:形容柳絮如烟、鲜花似锦的春天景物,指艳丽的春景。下:这里指顺江而下。④碧空:碧蓝的天空。尽:达到极限或顶点。⑤唯:只。天际:天边。

导读 这是一首送别诗,作于唐玄宗开元十六年(728)。诗人李白和孟浩然是好友,孟浩然从湖北到广陵去,两位大诗人在黄鹤楼分别,李白作了这首诗。诗人用阳春三月的景色,用宽广的长江画面,用目送朋友的船远去的细节,表达了对友人的惜别之情。

孤帆远影碧空尽

长相思①(其一)

长相思,在长安②。
络纬秋啼金井阑③,微霜凄凄簟色寒④。
孤灯不明思欲绝,卷帷望月空长叹⑤。
美人如花隔云端⑥!
上有青冥之长天⑦,下有渌水之波澜⑧。
天长路远魂飞苦,梦魂不到关山难。
长相思,摧心肝⑨!

注释 ①长相思:乐府旧题,属《杂曲歌辞》。②长安:唐代的都城,今陕西西安。③络纬:昆虫名,俗称纺织娘。啼:鸣叫。金井阑:用金子做的井栏,这里形容井栏非常精美。④凄凄:秋霜寒凉的样子。簟:凉席,竹席。⑤帷:窗帘。⑥隔云端:就像隔着一

层云似的。⑦青冥:青天。⑧渌水:清澈的水。⑨摧:伤痛,悲伤。

导读 这是一首抒情诗,作于开元十八年(730)。这首诗是李白离开长安后回忆往日情绪时所作,豪放飘逸中兼有含蓄。诗人通过对秋虫、秋霜、孤灯等景物的描写,抒发了凄凉悲伤的情感,表现出相思的痛苦。

赠裴十四①

朝见裴叔则②,朗如行玉山。
黄河落天走东海,万里写入胸怀间。
身骑白鼋不敢度③,金高南山买君顾④。
徘徊六合无相知⑤,飘若浮云且西去!

注释 ①裴十四:李白的好友,具体说法不一。②裴叔则:晋朝裴楷,曾任中书令,仪容英俊伟岸,这里用裴叔则来赞誉裴十四。③身骑白鼋(yuán)不敢度:典出《楚辞·九歌·河伯》:"乘白鼋兮逐文鱼,与女游兮河之渚。"这里用来指裴十四才学心胸深广,诗人不敢猜度。白鼋:白色的大鳖。④金高南山买君顾:典出《列女传·节义传》,楚成王夫人郑子瞀貌美而不为富贵利禄所

动,即使成王她也不回头一顾。这里赞誉裴十四的道德品质,由此可以看出李白对他的推崇。⑤六合:东西南北上下四方谓六合。

导读 这是一首送别诗,作于唐玄宗开元十八年(730),是写给裴十四的。但是它一反送别诗的悲伤,不仅赞颂裴十四高大俊美的形象,更是推崇裴十四的品格、气度以及才学,难怪诗人能够把他引为知己。

乌栖曲[①]

姑苏台上乌栖时[②],吴王宫里醉西施[③]。
吴歌楚舞欢未毕,青山欲衔半边日[④]。
银箭金壶漏水多[⑤],起看秋月坠江波[⑥]。
东方渐高奈乐何[⑦]!

注释 ①乌栖曲:乐府旧题,属《清商曲辞·西曲歌》,李白对此有所创新。②栖:栖息。③吴王宫里:吴王夫差的宫殿里。西施:越国的美女。④欲:犹。衔:含着,这里指太阳将要落山。⑤银箭金壶:刻漏,古代的计时器。⑥坠:坠落,这里指月亮将要落下,天要明了。⑦东方:这里用方位指代太阳。

导读 这是一首怀古诗,作于唐玄宗开元十九年(731)。李白在苏州游览姑苏台,联想到吴王夫差日夜寻欢作乐,最后导致国破自杀身亡,于是有感而发,劝喻当朝统治者要以此为鉴。

江 上 吟①

木兰之枻沙棠舟②,玉箫金管坐两头③。
美酒樽中置千斛④,载妓随波任去留⑤。
仙人有待乘黄鹤⑥,海客无心随白鸥⑦。
屈平词赋悬日月⑧,楚王台榭空山丘⑨。
兴酣落笔摇五岳⑩,诗成笑傲凌沧洲⑪。
功名富贵若长在,汉水亦应西北流⑫。

注释 ①江上吟:这是李白自创的歌行体。江:汉江。②兰:即辛夷,香木名,可用来造船。枻:船桨。沙棠:名贵树木名,可用来造船。用木兰枻、沙棠舟形容船和桨的珍贵。③玉箫金管:用金子和美玉装饰的箫和笛,这里借指吹箫、笛等乐器的歌伎。④樽(zūn):盛酒的器具。置:盛放,放置。

千:虚指,极言酒的数量之多。⑤妓:这里指歌舞女子。⑥乘黄鹤:这里是仙人子安乘鹤经过黄鹤楼的典故。⑦海客:海边的行人。随白鸥:取鸥鹭忘机的典故,典出《列子·黄帝篇》:"海上之人有好沤鸟者,每旦之海上,从沤鸟游,沤鸟之至者百住而不止。其父曰:'吾闻沤鸟皆从汝游,汝取来,吾玩之。'明日之海上,沤鸟舞而不下也。"指诗人和海鸥随心嬉戏。⑧屈平:战国诗人屈原名平,著有《离骚》《天问》等。⑨台榭:高而平的建筑物叫台,台上筑屋叫榭,泛指楼台亭阁。楚王:指楚灵王和楚庄王,他们分别筑有章华台和钓台,以豪奢著名。⑩兴酣:这里指诗兴正浓。五岳:指东岳泰山,西岳华山,南岳衡山,北岳恒山,中岳嵩山,泛指山岳。⑪傲:蔑视。凌:超过,超出。沧洲:沧海,泛指隐士所居之处。⑫功名富贵若长在,汉水亦应西北流:功名富贵如果能够世代下去,汉水都要从东南流向改为西北流向了,意思是不可能的事情。汉水:发源于陕西宁强,向东南流经湖北襄阳,在汉口汇入长江。汉水向西北流动,比喻不可能发生的事情。

导读 这是一首抒情诗,大概作于唐玄宗开元二十二年(734)。诗人从泛江行乐写起,表现了诗人对世俗生活的蔑视以及对理想生活的向往和追求。

江夏别宋之悌①

楚水清若空②,遥将碧海通③。
人分千里外,兴在一杯中④。
谷鸟吟晴日⑤,江猿啸晚风⑥。
平生不下泪⑦,于此泣无穷⑧。

注释 ①江夏:今湖北武汉武昌。宋之悌:李白的朋友,诗人宋之问之弟。②楚水:古江夏属于楚地,流经此地的长江也称楚水、楚江。空:没有水。③将:与。碧海:这里指朱鸢江。通:连通,相通。④兴:兴会,兴致。杯:代指酒。⑤谷鸟:山谷里的鸟儿。吟:唱。⑥啸:鸟兽拉长声音叫。⑦下泪:落泪。⑧此:这里。无穷:不能停止。

导读 这是一首送别诗,作于唐玄宗开元二十二年(734)。这首诗以景写情,融情于景,抒发了诗人对即将远赴碧海之地朋友的依依惜别之情。

春夜洛城闻笛①

谁家玉笛暗飞声,散入春风满洛城。
此夜曲中闻折柳②,何人不起故园情③。

注释 ①洛城:洛阳城。②折柳:折柳赠别,唐代有此习俗。③故园情:指故乡之情。

导读 这是一首思乡诗,作于唐玄宗开元二十三年(735)。洛阳在唐代是一个繁华都市。李白客居洛阳之时,因在春夜偶然听到笛声,触发了思乡之情。全诗紧扣一个"闻"字,把诗人对家乡的思念融于闻笛之中,借《折杨柳》之曲寄托乡愁。

客 中 作

兰陵美酒郁金香①,玉碗盛来琥珀光②。
但使主人能醉客③,不知何处是他乡。

注释 ①兰陵:地名,在今山东,以盛产美酒而闻名。郁金香:草名,古代用作香料。酿酒时放入郁金香,可以使酒有特殊的香味。②琥珀:树脂化石,呈蜡黄或赤褐色,透明而有光泽,这里形容酒色泽如琥珀。③但使:只要。醉客:使客人喝醉。

导读 这是一首思乡诗。这首诗虽写乡愁,却能独辟蹊径,赞美了美酒的清醇、主人的热情,表现了诗人的豪迈洒脱和盛唐社会的繁荣景象。

但使主人能醉客

嘲 鲁 儒①

鲁叟谈五经②,白发死章句③。
问以经济策④,茫如坠烟雾⑤。
足著远游履⑥,首戴方山巾⑦。
缓步从直道,未行先起尘。
秦家丞相府⑧,不重褒衣人⑨。
君非叔孙通⑩,与我本殊伦⑪。
时事且未达⑫,归耕汶水滨⑬。

注释 ①嘲:嘲讽,嘲笑。鲁:春秋时期的鲁国,在今山东南部。儒:儒生。②鲁叟:鲁国的老头子,这里指鲁儒。五经:指儒家的五部经典,即《诗经》《尚书》《礼记》《周易》《春秋》。③白发:这里指年老。死章句:老死于解释《五经》的章句。章句:《五经》的

章节和句读。④经济策:经国治家的政策。⑤芒:茫然,模糊不清的样子。⑥著(zhuó):穿。远游履(lǚ):鞋名。⑦首:头。方山巾:唐代的一种方形头巾。⑧秦家丞相:这里指秦丞相李斯。⑨褒衣人:这里指代儒生。褒衣:儒生穿的一种宽大的衣服。⑩叔孙通:汉初薛县(在今山东枣庄)人,自荐为汉王制定朝仪。⑪殊伦:不是同一类人物。⑫未达:没有通达,没有知晓。⑬汶水滨:这里指鲁儒的故乡。汶水:今山东大汶河。

导读 这是一首讽喻诗。这首诗通过对比手法的运用,借用以古讽今的写法,对那些只注重分析经学章句而不注重实用的山东儒生进行了辛辣的讽刺。

赠孟浩然[①]

吾爱孟夫子[②],风流天下闻[③]。

红颜弃轩冕[④],白首卧松云[⑤]。

醉月频中圣[⑥],迷花不事君[⑦]。

高山安可仰[⑧],徒此揖清芬[⑨]。

注释 ①孟浩然:唐代山水田园诗派的代表诗人,与大诗人王维齐名,并称"王孟"。他的诗作多为五言诗,以描写山水田园风光为主。②夫子:古代对男子的尊称。③风流:指人文雅潇洒。④红颜:这里指孟浩然年轻时期。弃:放弃。轩冕:卿大夫的车乘和礼服,借指官位爵禄。⑤白首:白头,这里指老年。松云:这里指代隐居之地。⑥醉月:月下醉饮。中圣:"中圣人"的简称,

即醉酒。中(zhòng)：动词，符合。⑦迷花：迷恋花草，这里指孟浩然陶醉于自然美景之中。事君：侍奉皇帝，这里指做官。⑧高山：指孟浩然的品格高尚，令人敬仰。安：哪里，表示反问。⑨徒：副词，白白地。揖：拱手行礼。清芬：比喻高洁的品德。

导读 这是一首五言酬赠诗，作于唐玄宗开元二十六年(738)，主要写诗人专程前去襄阳拜访孟浩然却遗憾未遇。在这首诗中，李白描写了孟浩然风流洒脱的隐士形象，表达了他对孟浩然的敬仰和没有见到孟浩然的遗憾之情。

送 友 人

青山横北郭①,白水绕东城②。

此地一为别③,孤蓬万里征④。

浮云游子意⑤,落日故人情⑥。

挥手自兹去⑦,萧萧班马鸣⑧。

注释 ①郭:古代在城的外围修筑的一道城墙。②白水:明净的水,这里指护城河。③一:助词,加强语气。为别:分别。④蓬:又名"飞蓬",常随风飞旋,这里比喻即将孤身远行的朋友。征:远征,远行。⑤浮云:飘动的云,这里指友人的行踪就像浮云一样,从此山南水北,任意东西。游子:离家远游的人。⑥落日故人情:把落日比作自己,抒发了诗人对友人的难舍难分。⑦兹:现在。

⑧萧萧:马的嘶鸣声。这里指载人远离的马。班马:离群的马。班:分开,离群。鸣:鸣叫。

导读 这是一首充满诗情画意的送别诗,作于唐玄宗开元二十六年(738)。诗人通过对送别环境的刻画、气氛的渲染,表达出对友人的依依惜别之情。本诗构思新颖,语言流畅自然,自然美和友情美巧妙地结合在一起,成为送别诗的名篇之一。

南陵别儿童入京①

白酒新熟山中归②,黄鸡啄黍秋正肥③。
呼童烹鸡酌白酒④,儿女嬉笑牵人衣⑤。
高歌取醉欲自慰⑥,起舞落日争光辉⑦。
游说万乘苦不早⑧,著鞭跨马涉远道。
会稽愚妇轻买臣⑨,余亦辞家西入秦⑩。
仰天大笑出门去,我辈岂是蓬蒿人⑪。

注释 ①南陵:具体地点有二,一是山东曲阜南有陵城村;一是今安徽南陵。②白酒:古代酒分清、白两种。③啄黍:吃稻谷。④酌:倒酒,喝酒。⑤嬉笑:游戏欢笑。⑥自慰:自己安抚自己。⑦争光辉:与日月争辉。⑧游说(shuì):指能言善辩之人用口才说服其他人。万乘(shèng):有一万辆车

马,这里指代皇帝。乘:一乘为一车四马。⑨会稽:地名,今江苏苏州。买臣:汉代朱买臣的典故。朱年轻时,他的妻子轻贱他,离他而去。等他做官后,前妻羞愧而死。⑩余:作者自称,我。辞家:辞别家里的亲人。秦:这里指唐都城长安。⑪蓬蒿人:草野之人。蓬、蒿:草本植物,这里借指民间。

导读 这是一首叙事抒情诗,作于唐玄宗天宝元年(742),李白四十二岁应诏赴长安供奉翰林,告别妻儿老小入京之际。诗人本以为自己的政治抱负可以实现了,所以这首诗写得意气风发,诗人的兴奋之情溢于言表。

白云歌送刘十六归山①

楚山秦山皆白云②,白云处处长随君。

长随君,君入楚山里,

云亦随君渡湘水③。

湘水上,女萝衣④,白云堪卧君早归⑤。

注释 ①刘十六:姓刘在族辈中排行十六,名不详,李白的朋友。②楚山:这里指今湖南地区,当时刘十六辞别长安准备到这里归隐。秦山:秦地的山,这里指代长安。③湘水:湘江,经湖南后流入长江。④女萝衣:这里指屈原作品中的山鬼女神,用来形容刘十六高洁的品质。⑤白云:南北朝陶弘景的典故。陶弘景曾隐于句曲山,齐高帝有诏问他:"山中何所有?"他作诗答说:

"山中何所有,岭上多白云。只可自怡悦,不堪持赠君。"后用白云作为隐士的代名词。堪:可以,能够。

导读 这是一首送别诗,大概作于唐玄宗天宝元年(742)以后。当时在长安做官的李白仕途并不顺利,好友刘十六要归隐湖南,他作诗送别,表达了对刘十六品格的赞美以及希望他早日过上清逸高洁的隐居生活。

乌 夜 啼[①]

黄云城边乌欲栖[②],归飞哑哑枝上啼[③]。
机中织锦秦川女[④],碧纱如烟隔窗语[⑤]。
停梭怅然忆远人[⑥],独宿空房泪如雨。

注释 [①]乌夜啼:乐府旧题,属《清商曲辞·西曲歌》,主要写男女离别之怨恨。[②]栖:栖息。[③]哑(è)哑:象声词,这里指乌鸦的叫声。啼:啼叫。[④]秦川女:秦地的女子,指代丈夫外出留守在家的妇女。[⑤]碧纱:碧绿的纱窗。[⑥]梭:织布用的梭子。怅然:失意的样子。远人:指在远地的丈夫。

导读 这是一首闺怨诗,大概作于唐玄宗天宝二年(743)。通过典型的环境描写,表现了思夫之女孤独的内心世界。

塞下曲六首①(其一)

五月天山雪②,无花只有寒③。
笛中闻折柳④,春色未曾看。
晓战随金鼓⑤,宵眠抱玉鞍。
愿将腰下剑,直为斩楼兰⑥。

注释 ①塞下曲:出自于汉乐府《出塞》《入塞》等曲,为唐代新乐府题,多描写边塞军旅生活。②天山雪:用来说明边塞生活之严寒。③无花只有寒:进一步描写边塞的寒冷。④折柳:即《折杨柳》,古曲名,古人分别时,多有折柳相赠之俗,多含伤春悲离之意。⑤金鼓:古时作战多鸣金击鼓。⑥斩楼兰:西汉傅介子的典故。典出《汉书·

傅介子传》,傅介子出使西域,用金银财宝引诱楼兰王至帐中杀死。这里指代斩获敌首建功立业。

导读 这是一首边塞诗,是《塞下曲》组诗中的第一首。这组诗大概作于唐玄宗天宝二年(743)。这首诗表现了在残酷严寒的天气下,将士们依然意气风发,愿意斩获敌首以建功立业的豪情壮志。

塞下曲六首(其二)

天兵下北荒①,胡马欲南饮②。
横戈从百战,直为衔恩甚③。
握雪海上餐④,拂沙陇头寝⑤。
何当破月氏⑥,然后方高枕⑦。

注释 ①天兵:从天而降的士兵,这里指唐朝的军队。②胡马:胡人的马匹,这里指代少数民族的军队。饮:饮水,这里指胡人的军队侵扰唐朝的边关。③衔恩:接受恩泽。甚:多。④海:瀚海,大沙漠。餐:名词用作动词,吃饭。⑤陇头:田野。寝:睡觉,休息。⑥月氏:我国古代的少数民族,这里指代侵扰唐朝边疆者。⑦高枕:高枕无忧。

导读 这是一首边塞诗,是《塞下曲》组诗中的第二首。这首诗主要描写了守卫边塞的战士在艰苦的自然环境下,为了保卫边疆安宁,不辞辛苦、誓死杀敌的豪迈之气。

塞下曲六首(其三)

骏马似风飙①,鸣鞭出渭桥②。
弯弓辞汉月③,插羽破天骄④。
阵解星芒尽⑤,营空海雾消⑥。
功成画麟阁⑦,独有霍嫖姚⑧。

注释 ①风飙(biāo):暴风。②鸣鞭:挥舞马鞭时发出声响。渭桥:在长安西北渭水上,秦时沟通兴乐宫和咸阳宫。③弯弓:拉开弓箭,这里指军队出发。汉:这里以汉代借指唐代。④插羽:腰间插着箭。羽:箭杆上端有羽毛,以羽指代箭。天骄:某些北方少数民族对君主的一种敬畏的称呼。⑤阵解:解散阵列,指战争结束。星芒:星光。

尽：完，没有。⑥海雾：海上的大雾，这里指沙漠上的雾气，也特指战争所造成的紧张的气氛。⑦麟阁：即麒麟阁，汉代供奉功臣的阁楼。⑧霍嫖姚（piāoyáo）：指西汉的霍去病，霍去病战功卓著，被封为嫖姚校尉。

导读 这是一首边塞诗，是《塞下曲》组诗中的第三首。这首诗描写了骁勇善战的将士们的雄姿并对行赏不公进行了微讽，是盛唐边塞诗的名篇之一。

塞下曲六首(其四)

白马黄金塞,云砂绕梦思①。
那堪愁苦节②,远忆边城儿。
萤飞秋窗满③,月度霜闺迟。
摧残梧桐叶,萧飒沙棠枝④。
无时独不见⑤,流泪空自知。

注释 ①云砂:细碎的石粒,这里指边塞特有的风光。②堪:忍受。③萤飞秋窗满:萤火虫在秋天的窗户上飞来飞去。④萧飒:萧条冷落。沙棠:植物名,果子可以吃,味道像李子。⑤独不见:《独不见》是乐府古题,主题是吟咏思而不见的落寞愁绪。

导读 这是一首边塞诗,是《塞下曲》组诗中的第四首。这首诗描写了闺中女子对塞外征夫的思念之情以及思而不得的痛苦。

塞下曲六首(其五)

塞虏乘秋下①,天兵出汉家②。
将军分虎竹③,战士卧龙沙④。
边月随弓影,胡霜拂剑花⑤。
玉关殊未入⑥,少妇莫长嗟⑦。

注释 ①塞虏:对北方少数游牧民族的蔑称。②汉家:汉朝,这里指代唐朝。③虎竹:用竹子做的虎形兵符。④龙沙:泛指塞外的沙漠地带。⑤胡霜:胡地结的秋霜。剑花:指剑刃表面结的冰裂纹,说明天气寒冷。⑥殊:远。⑦莫:不要。长嗟:长叹息。

导读 这是一首边塞诗,是《塞下曲》组诗中的第五首。这首诗从征夫的视角描写战士在秋天与胡兵作战的经过,虽有闺怨之语,却一脱窠臼,使得征夫的形象高大威武起来。

塞下曲六首(其六)

烽火动沙漠①,连照甘泉云②。
汉皇按剑起③,还召李将军④。
兵气天上合,鼓声陇底闻⑤。
横行负勇气⑥,一战净妖氛⑦。

注释 ①烽火:这里指边塞告急。②甘泉:秦时造甘泉宫,汉武帝扩建,这里指代官廷。③汉皇:汉武帝。④李将军:"飞将军"李广,因抗击匈奴而著称。⑤陇底:陇山下面。陇:山名,在今甘肃东部。⑥横行:行为蛮横,这里指汉军英勇作战的行为。负:凭借。⑦净妖氛:彻底消灭敌人。氛:气氛,氛围。

导读 这是一首边塞诗,是《塞下曲》组诗中的第六首。诗人以汉喻唐,描写了匈奴突然袭击,在唐军勇猛将领的带领下,士兵们迅猛出击,很快赢得了这场战斗。

灞陵行送别

送君灞陵亭[1],灞水流浩浩[2]。
上有无花之古树,下有伤心之春草。
我向秦人问路歧[3],云是王粲南登之古道[4]。
古道连绵走西京[5],紫阙落日浮云生[6]。
正当今夕断肠处,骊歌愁绝不忍听[7]。

注释 ①灞陵亭:古亭名,故址在陕西西安东南。②浩浩:形容水势盛大的样子。③路歧:道路的分岔口,这里指道路。④王粲:东汉末年著名文学家,"建安七子"之一。⑤西京:这里指唐朝都城长安。⑥紫阙:紫色的宫殿,这里指帝王宫殿。阙:宫门两边高大建筑物。⑦骊歌:指《诗经》中

的逸篇《骊驹(líjū)》,说的是告别之辞,这里指告别。

导读 这是一首送别诗,作于唐玄宗天宝二年(743)前后,诗中的友人不详,诗人不仅仅写了离情别绪,而且暗含着对友人前途的担心。

送友人入蜀①

见说蚕丛路②,崎岖不易行。
山从人面起③,云傍马头生④。
芳树笼秦栈⑤,春流绕蜀城⑥。
升沉应已定⑦,不必问君平⑧。

注释 ①友人:李白的朋友王炎,准备进入蜀地做官。蜀:蜀地,今四川成都附近一带。②见说:听说。蚕丛:蜀国的开国国君。蚕丛路:这里代指进入蜀地的道路。③山从人面起:人在蚕丛路上行走,山崖好像从人的脸侧突兀而起,形容蜀道之险。④云傍马头生:云气仿佛依傍着马头腾空而起。⑤芳树:因为花儿开放,致使树木也染上香味,所以称芳树。秦栈:由秦地进入

蜀地的栈道。⑥春流:春江奔流的江水。绕:围绕。蜀城:蜀国的城市。⑦升沉:人事的进退升沉,泛指人生的际遇命运。⑧君平:这里指西汉的严遵。严遵字君平,隐居不仕,曾在成都以卖卜为生。

导读 这是一首送别诗,作于唐玄宗天宝二年(743)。诗人通过描写蜀道沿途道路奇峻艰险,暗示好友不要沉迷于仕途之中,而要像君平一样顺其自然,早日归隐。

望终南山寄紫阁隐者①

出门见南山,引领意无限②。
秀色难为名③,苍翠日在眼。
有时白云起,天际自舒卷④。
心中与之然⑤,托兴每不浅。
何当造幽人⑥,灭迹栖绝巘⑦。

注释 ①紫阁:终南山其中一个山峰的名字,山体高耸如楼阁,当阳光照射其上时有紫气飘来飘去,因而得名。隐者:隐逸之士。②引领:伸长脖子去看,这里指翘首而望。③难为名:难以名状,难以说清楚,赞扬山中的景象。④舒卷:展开与卷起。⑤心中与之然:内心和这种景象浑然一体,物我难辨。⑥造:访问,拜访。幽人:隐居者,

这里指隐居在紫阁上的隐士。⑦栖：居住。绝巘（yǎn）：山峰。

导读 这是一首借景抒情诗，作于唐玄宗天宝二年（743）。李白在长安"安社稷，济苍生"的抱负没有实现，心情十分郁闷，于是写下了这首诗。诗中流露出他对长安官场生活的厌倦以及对隐居生活的向往之情。

下终南山过斛斯山人宿置酒①

暮从碧山下②,山月随人归。
却顾所来径③,苍苍横翠微④。
相携及田家⑤,童稚开荆扉⑥。
绿竹入幽径,青萝拂行衣⑦。
欢言得所憩⑧,美酒聊共挥⑨。
长歌吟松风⑩,曲尽河星稀⑪。
我醉君复乐,陶然共忘机⑫。

注释 ①终南山:又名太乙山,在今陕西西安南,唐名士多隐居于此。过:拜访。斛(hú)斯山人:姓斛斯的一位隐者。②碧山:碧绿的山,这里指终南山。下:往,到……去。③顾:回头望。径:小路。④苍苍:茂盛的样子。翠微:青翠的山坡,这里代指终南山。⑤携:携手。及:到。田家:田野人家,这里指代斛斯山人的家。⑥荆扉:用荆条编织的门。⑦青萝:一种攀生在石崖、树枝上下垂的藤蔓植物。行衣:行人的衣服。⑧憩:休息。⑨挥:举杯饮酒。⑩松风:古乐府琴曲名,即《风入松曲》,这里指有歌声随风而进入松林之意。⑪河星稀:银河中的星光稀微,这里是说夜已深。⑫陶然:喜悦、欢乐的样子。忘机:消除心机,超然物外。

导读 这是一首借景抒情诗,大概作于李白在长安供奉翰林时。诗人通过描写月夜拜访终南隐士斛斯山人并与之饮酒歌诗的情景,表达了诗人淡泊名利、向往田园生活之情。

欢言得所憩

登太白峰[1]

西上太白峰,夕阳穷登攀[2]。
太白与我语[3],为我开天关[4]。
愿乘泠风去[5],直出浮云间。
举手可近月,前行若无山。[6]
一别武功去[7],何时复更还[8]?

注释 ①太白峰:太白山,又名太乙山,在今陕西眉县、太白一带。②穷:尽,这里指攀登到了山顶。③太白:太白星,这里喻指仙人。④天关:古星名,又名天门,这里指天官之门。⑤泠(líng)风:和风,小风。⑥若:好像。⑦武功:这里指武功山,北连太白山。⑧更:再,又。

导读 这是一首游记诗,大概作于李白第一次应诏入京供奉翰林之后。理想和现实之间的反差使得诗人苦闷不已,为此写下了《登太白峰》。这首诗通过对神奇天界的描写,曲折地反映了诗人那种入世和出世的微妙复杂的心理状态。

蜀 道 难①

噫吁嚱②,危乎高哉!蜀道之难难于上青天!
蚕丛及鱼凫③,开国何茫然④!
尔来四万八千岁⑤,不与秦塞通人烟⑥。
西当太白有鸟道⑦,可以横绝峨眉巅⑧。
地崩山摧壮士死⑨,然后天梯石栈相钩连⑩。
上有六龙回日之高标⑪,下有冲波逆折之回川⑫。
黄鹤之飞尚不得过⑬,猿猱欲度愁攀援⑭。
青泥何盘盘⑮,百步九折萦岩峦⑯。
扪参历井仰胁息⑰,以手抚膺坐长叹⑱。

问君西游何时还⑲？畏途巉岩不可攀⑳。
但见悲鸟号古木㉑，雄飞雌从绕林间。
又闻子规啼夜月㉒，愁空山。
蜀道之难难于上青天，使人听此凋朱颜㉓！
连峰去天不盈尺㉔，枯松倒挂倚绝壁。
飞湍瀑流争喧豗㉕，砯崖转石万壑雷㉖。
其险也如此，嗟尔远道之人胡为乎来哉㉗！
剑阁峥嵘而崔嵬㉘，一夫当关，万夫莫开㉙。
所守或匪亲㉚，化为狼与豺㉛，朝避猛虎，夕避长蛇，
磨牙吮血㉜，杀人如麻。
锦城虽云乐㉝，不如早还家。
蜀道之难，难于上青天，侧身西望长

咨嗟㉞!

注释 ①蜀道难:乐府旧题,属《相和歌辞·瑟调曲》。②噫吁嚱(xī):三个词都是惊叹词。③蚕丛、鱼凫:都是传说中古蜀国国王名字,蚕丛善于养蚕;鱼凫善于捕鱼。④何茫然:完全不知道的样子,多么迷茫的样子。何:多么。茫然:渺茫。⑤尔来:从那时以来。四万八千岁:虚指,极言时间之漫长。⑥秦塞:这里泛指秦地。塞:要塞,山川险要的地方。通人烟:人员往来。⑦西当太白:向西对着太白山。鸟道:鸟儿能飞、人迹罕至的地方。⑧横绝:飞越,横跨。⑨地崩山摧壮士死:指的是"五丁开山"的典故,据《华阳国志·蜀志》记载:相传秦惠王想征服蜀国,知道蜀王好色,答应送给他

五个美女。蜀王派五位壮士去接人。回到梓潼(今四川剑阁南)的时候,看见一条大蛇进入穴中,一位壮士抓住了它的尾巴,其余四人也来相助,用力往外拽。不多时,山崩地裂,壮士和美女都被压死。山分为五岭,入蜀之路遂通。说明蜀道的险要。⑩天梯:指高险陡峭的山路。石栈:在山崖上凿石架木建成的通道,栈道。⑪六龙:传说太阳神的车子由羲和驾着六条龙拉着。回:回转。高标:这里指可以作一方标志的最高峰。⑫逆折:倒流。回川:有漩涡的河流。⑬黄鹤:黄鹄,善飞的大鸟。尚:尚且。得:能。⑭猱(náo):猿的一种,善于攀援。⑮青泥:指青泥岭,在今陕西略阳境内。盘盘:形容山路曲折盘旋的样子。⑯百步九折:百步之内拐了九道弯。萦:盘绕。岩峦:山峰。⑰扪参(shēn)历井:参、井是二星宿名。参星为蜀之分野,井星为秦之分野,从秦到蜀,所以说"扪参历井"。扪:摸。历:经过。胁息:仰着头,屏气不敢呼吸。⑱膺:胸。坐:徒,空。⑲君:入蜀的友人。西游:这里指去蜀地。⑳畏途:可怕的路途。巉(chán)岩:高而陡峭的山崖。㉑但见:只听见。号古木:在古树木中大声啼鸣。号(háo):鸟兽长鸣。㉒子规:即杜鹃鸟,相传为蜀帝魂魄所化,叫声悲哀凄切。㉓凋朱颜:使人吓得脸都变了颜色。凋:使动用法,使……凋谢。㉔去天:距离天。盈:满。㉕飞湍(tuān):奔腾的急流。喧豗(huī):喧闹声,这里指急流和瀑布发出的巨大响声。㉖砯(pīng)崖:急流和瀑布冲击山崖发出的响声。转:使动用法,使……转动。㉗嗟:感叹词,感叹之声。尔:你。胡为:为什么。乎:语气助词,没有实在意义。来:指入蜀。㉘剑阁:指四川剑阁北的大、小剑山,两山如门,非常险要。峥嵘、崔嵬:形容山势高大雄峻的样子。㉙当关:守关,把守。㉚所守:指把守关口的人。或匪亲:倘若不是可信赖的人。匪:通"非"。㉛狼与豺:比喻叛乱之人。㉜吮:吮吸。㉝锦城:即锦官城,今四川成都。㉞咨嗟:叹息。

导读 这是一首借景抒情诗,作于李白在长安供奉翰林期间。李白送友人王炎入蜀,作诗劝言友人,此去蜀道难行,切勿羁留蜀地,早日返回长安,以免遭遇谗佞小人。

春　思①

燕草如碧丝②，秦桑低绿枝③。
当君怀归日④，是妾断肠时⑤。
春风不相识，何事入罗帏⑥？

注释 ①春思：春天的心绪、愁思。②燕草：燕地的草，征夫所在之地。燕：地名，今河北北部和辽宁西部。碧丝：形容燕草碧绿如丝。③秦桑：秦地的桑树，思妇所居之处。因为秦地在燕地之南，所以草木生长旺盛。④怀归：因为怀念而想回家。⑤妾：古代女子自称的谦辞。⑥何事：什么事情。罗帏：丝织的帘帐。

导读 这是一首闺怨诗，大概作于唐玄宗天宝二年(743)。全诗以燕草起兴，引起思妇的情思，为下面她思念丈夫做了铺垫。

是妾断肠时

清平调①（三首其一）

云想衣裳花想容，春风拂槛露华浓②。
若非群玉山头现③，会向瑶台月下逢④。

注释 ①清平调：唐教坊曲名，后成为词牌名。②拂：吹拂，掠过。槛（jiàn）：栏杆。露华：指带露水的牡丹花颜色娇艳欲滴。③群玉：山名，传说有仙女居住的地方，这里是把杨贵妃比喻成仙女。④会向：应该向。瑶台：传说仙人居住的地方。

导读 这是一首应制诗，是《清平调》组诗中的第一首，大概作于唐玄宗天宝二年（743）或天宝三载（744）的春天。李白大胆运用比喻，描写了唐玄宗的宠妃杨玉环的美，给人花即是人、人也是花的感觉。

清平调(三首其二)

一枝红艳露凝香①,云雨巫山枉断肠②。借问汉宫谁得似,可怜飞燕倚新妆③。

注释 ①红艳:这里指牡丹花含露欲滴的媚态。露凝香:露珠凝结在花瓣上散发出的香气。②云雨巫山:这里借用巫山神女与楚王相会的典故,来表现杨贵妃的美貌让神女都嫉妒起来。③可怜:可爱。飞燕:汉成帝的皇后赵飞燕,以貌美善舞而得宠。倚:倚靠,倚仗。

导读 这是一首应制诗,是《清平调》组诗中的第二首,大概作于唐玄宗天宝二年(743)或天宝三载(744)的春天。这首诗通过贬抑巫山神女和汉宫飞燕,来抬高杨贵妃,借古喻今,达到赞美杨贵妃之美的目的。

清平调(三首其三)

名花倾国两相欢①,常得君王带笑看。
解释春风无限恨②,沉香亭北倚阑干③。

注释 ①名花:这里指牡丹花。倾国:典出汉代李延年《佳人歌》:"北方有佳人,绝世而独立。一顾倾人城,再顾倾人国。"这里借指杨贵妃。②解释:消除。无限:没有尽头。③沉香亭:用沉香木建造的亭子。沉香:一种气味芳香的树木。倚:倚靠。阑干:栏杆。

导读 这是一首应制诗,是《清平调》组诗的第三首,大概作于唐玄宗天宝二年(743)或天宝三载(744)的春天。这首清平调从上一首的仙境中返回到现实,用名花、倾国来形容杨贵妃之美,表现了唐玄宗和杨贵妃之间的爱情,让人不由得惊叹杨贵妃的风流优雅。

行路难①（三首其一）

金樽清酒斗十千②，玉盘珍羞直万钱③。
停杯投箸不能食④，拔剑四顾心茫然⑤。
欲渡黄河冰塞川⑥，将登太行雪满山。
闲来垂钓碧溪上⑦，忽复乘舟梦日边⑧。
行路难，行路难，多歧路，今安在⑨？
长风破浪会有时⑩，直挂云帆济沧海⑪。

注释 ①行路难：乐府旧题，属《杂曲歌辞》。②樽(zūn)：盛酒器具。清酒：清醇的美酒。斗十千：一斗值十千钱（即万钱），形容酒美价高。③玉盘：用美玉制作的精美的食具。珍羞：珍贵的菜肴。羞：同"馐"，美味的食物。直：通"值"，价钱，价值。④投箸(zhù)：丢下筷子。不能食：不能下咽。⑤顾：回头看。茫然：无所适从的样子。⑥欲：准备。

⑦闲来垂钓碧溪上:说的是周朝姜太公在渭水垂钓遇周文王,最后帮助周朝灭掉商朝的典故。⑧忽复乘舟梦日边:说的是伊尹梦中梦见乘船从日月旁边经过,后来助汤王灭夏建立商朝。忽复:忽然又。⑨歧路:岔路。⑩长风破浪:说的是宋代宗悫的典故,这里指诗人的政治理想远大,不怕困难,奋勇前进。会:一定,应当。⑪济:渡,过河过江。沧海:大海。

导读 这是一首抒情诗,是《行路难》组诗中的第一首。这组诗大概作于唐玄宗天宝三载(744),是李白浪漫主义诗作的代表。联想到诗人当时被同僚排挤而无奈离开长安的事实,就不难想象这组诗的内容了。这一首既表现了诗人对理想抱负遇阻的苦闷,又表现了他不甘心就此罢手的倔强以及对理想的执着追求。

拔剑四顾心茫然

行路难（三首其二）

大道如青天，我独不得出。
羞逐长安社中儿①，赤鸡白狗赌梨栗②。
弹剑作歌奏苦声③，曳裾王门不称情④。
淮阴市井笑韩信⑤，汉朝公卿忌贾生⑥。
君不见昔时燕家重郭隗⑦，拥篲折节无嫌猜⑧。
剧辛乐毅感恩分⑨，输肝剖胆效英才⑩。
昭王白骨萦蔓草⑪，谁人更扫黄金台⑫？
行路难，归去来⑬！

注释 ①羞：耻辱。逐：追逐。社中儿：这里指下文斗鸡斗狗之徒。社：唐代二十五家为一社。②赌：赌博。梨栗：赌胜负的物品。③弹剑：典出《战国策·齐策四》，指战

国孟尝君门下有才食客冯谖多次弹剑作歌要求提高待遇的典故,这里形容生活窘迫,有求于人。④曳裾:指求助别人时的动作。曳(yè):拖着。裾(jū):衣服的前襟。王门:王公贵族的门下。⑤淮阴市井笑韩信:典出《史记·淮阴侯列传》,韩信为了大义,愿意当众受辱,从淮阴屠中少年的胯裆下爬过去,最后成为西汉的开国功臣。⑥贾生:指贾谊,因为他主张改制兴礼,遭到大臣的反对,最后被排挤。⑦燕家:这里指战国中期的燕国。郭隗:战国中期燕国的大臣,帮助燕国中兴。⑧拥篲(huì):拿着扫帚。篲:扫帚。折节:降低身份,屈己下人。嫌猜:疑忌,猜忌。⑨剧辛:战国时燕国大将,协助燕昭王实行改革,使得燕国逐渐强大起来。乐毅:燕昭王被齐国打得大败,他屈己礼贤,感动了魏国的乐毅,乐毅帮助燕昭王一举攻占了齐国七十多座城池。⑩输肝剖胆：比喻对人忠诚有加。⑪萦：萦绕。蔓草：这里指荒草、野草。⑫黄金台：战国时期燕昭王为了延揽人才，建黄金台。⑬归去来：语出陶渊明《归去来兮辞》，这里指隐居。来：无实义。

导读 这是一首咏史怀古诗，是《行路难》组诗中的第二首。诗人进一步描写了行路之难，运用历史人物来抒发自己建功立业的愿望，同时又流露出出世隐居的矛盾心理。

行路难(三首其三)

有耳莫洗颍川水①,有口莫食首阳蕨②。
含光混世贵无名③,何用孤高比云月?
吾观自古贤达人,功成不退皆殒身④。
子胥既弃吴江上⑤,屈原终投湘水滨⑥。
陆机雄才岂自保⑦?李斯税驾苦不早⑧。
华亭鹤唳讵可闻⑨?上蔡苍鹰何足道⑩?
君不见吴中张翰称达生⑪,秋风忽忆江东行。
且乐生前一杯酒,何须身后千载名⑫?

注释 ①颍川水:说的是许由的典故,典出《高士传》,许由因为不愿意治理天下而逃遁到颍川,不愿意做九州长而在颍川水中洗耳。②首阳蕨:典出《史记·伯夷列传》,

伯夷、叔齐因为耻于周武王的行为而隐居首阳山,靠蕨菜度日,最后活活饿死首阳山。③含光:隐藏光芒。贵无名:以默默无名为贵。④殒(yǔn)身:丧命。⑤子胥:伍子胥,春秋末期吴国大夫,最后被迫自杀。⑥屈原:楚国大夫,因为不被楚怀王信任而自沉汨罗江。⑦陆机:西晋文学家、书法家,因为遭宦官诬陷而被杀害。⑧李斯:秦统一六国的重臣,任秦丞相后被杀。税驾:解下驾车的马,指休息或归宿之意。⑨华亭鹤唳:《晋书·陆机传》载,陆机临死之前说:"欲闻华亭鹤唳,可复得乎?"华亭谷的鹤叫声,表示对平淡生活的留恋。⑩上蔡苍鹰:典出《史记·李斯列传》,李斯临死之前对儿子说:"吾欲与若复牵黄犬俱出上蔡东门逐狡兔,岂可得乎!"也是对平淡生活的留恋。⑪吴中张翰:西晋吴郡人,文学家,他看到战乱不断,于是以思念家乡的莼鲈为由辞官而去。⑫何须:不必。

导读 这是一首咏史怀古诗,是《行路难》的第三首。诗人已经从第一首积极入世、第二首内心彷徨中走了出来,第三首他的决心已定,要像吴中张翰一样,去过自由自在的归隐生活。

玉 壶 吟①

烈士击玉壶②,壮心惜暮年③。
三杯拂剑舞秋月,忽然高咏涕泗涟④。
凤凰初下紫泥诏⑤,谒帝称觞登御筵⑥。
揄扬九重万乘主⑦,谑浪赤墀青琐贤⑧。
朝天数换飞龙马⑨,敕赐珊瑚白玉鞭⑩。
世人不识东方朔⑪,大隐金门是谪仙⑫。
西施宜笑复宜颦⑬,丑女效之徒累身⑭。
君王虽爱蛾眉好⑮,无奈宫中妒杀人⑯!

注释 ①玉壶吟:李白自创的歌行。典出《世说新语·豪爽》,东晋时王敦酒后一边吟唱曹操的《步出夏门行》,一边用如意击打玉壶。②烈士:指有志于建功立业之人。③壮心:雄心。暮年:垂暮之年,即老年。

④涕泗：眼泪和鼻涕。涟：泪流不断的样子。⑤凤凰诏：典出晋·陆翙《邺中记》，据说后赵武帝石虎坐在高台上下诏，让木制的凤凰衔着诏书向下飞，这里借指诏书。紫泥：古时用来封诏书的紫色泥。⑥谒(yè)：朝见。称觞(shāng)：举杯饮酒。御筵：皇帝设的宴席。⑦揄(yú)扬：赞扬。九重：这里指皇帝居住的地方。万乘(shèng)主：拥有万乘的人，这里指代唐玄宗。⑧谑(xuè)浪：戏谑不敬。赤墀(chí)：皇宫中红色的台阶。青琐：琐通"锁"，青锁指刻有连锁花纹并涂以青色的宫门。贤：这里指代皇帝的大臣。⑨朝天：朝见天子，朝见皇帝。飞龙马：古时皇帝有六个马厩，其中飞龙厩中所养的都是上等好马，泛指宫中良马。⑩敕赐：皇帝的赏赐。珊瑚白玉鞭：用珊瑚、白玉装饰的马鞭，泛指华贵的马鞭。

⑪东方朔:汉武帝时人,为人诙谐滑稽,善辞赋,他认为宫中也可以隐居,这里诗人自喻东方朔。⑫大隐:旧时指隐居于朝堂。金门:又名金马门,汉代宫门名。这里指朝堂。谪仙:下凡的神仙,李白常以"谪仙人"自称。⑬西施宜笑复宜颦:东施效颦的典故,这里用东施效颦来讽喻当朝权贵。⑭徒:白白地。⑮蛾眉:形容女子的眉像蚕蛾的须一样细长而弯曲,泛称美女,这里是作者自喻。⑯妒杀人:嫉妒可以杀死人。

导读 这是一首抒情诗,大概作于唐天宝三载(744),抒发了诗人理想无法实现的苦闷,表现了他蔑视权贵的不屈性格,反映了他内心的不平和愤懑。

把酒问月

青天有月来几时,我今停杯一问之。
人攀明月不可得,月行却与人相随。
皎如飞镜临丹阙^①,绿烟灭尽清辉发。
但见宵从海上来^②,宁知晓向云间没^③。
白兔捣药秋复春^④,嫦娥孤栖与谁邻^⑤。
今人不见古时月,今月曾经照古人。
古人今人若流水,共看明月皆如此。
唯愿当歌对酒时,月光长照金樽里^⑥。

注释 ①丹阙:朱红色的宫阙。阙:古代皇宫、祠庙门前两边的高大建筑物。②但见:只看见,只看到。③宁知:怎么知道,哪里知道。没(mò):隐没。④白兔捣药:后羿之妻嫦娥的神话传说。相传嫦娥奔月后,

被玉帝变为兔子,罚她月圆时在月宫中捣药。⑤嫦娥:相传他是后羿的妻子,偷吃仙药后奔向月宫,后人敬她为月神。孤栖:孤孤单单地居住。⑥金樽:用金子装饰的酒杯,这里泛指精美的酒具。

导读 这是一首咏月抒怀诗,大概作于唐玄宗天宝三载(744)。这首诗写了诗人从停下酒杯问月开始,到举起酒杯对月饮酒结束的整个过程。诗人借着美酒,把自己对人生的感悟和思考融于诗中。

月下独酌(其一)

花间一壶酒,独酌无相亲①。

举杯邀明月,对影成三人②。

月既不解饮③,影徒随我身④。

暂伴月将影⑤,行乐须及春⑥。

我歌月徘徊⑦,我舞影零乱⑧。

醒时同交欢⑨,醉后各分散。

永结无情游⑩,相期邈云汉⑪。

注释 ①独酌:独自饮酒。酌:斟酒喝。无相亲:没有亲近之人。②成三人:明月、我和我的影子恰好合成三人。③既:且。不解饮:不会喝酒。解:能,会。④徒:徒然,白白地。⑤将:和。⑥行乐:游戏取乐。及春:趁着春光明媚之时。⑦歌:歌咏。月徘

徊:明月随我来回移动。⑧舞:舞蹈,跳舞。影零乱:因起舞而身影纷乱。⑨交欢:一起欢乐。⑩无情游:忘却世情的交游。⑪相期:一起约会。邈:遥远。云汉:银河。

导读 这是一首抒情诗,是《月下独酌》组诗中的第一首,是李白的代表作之一,作于唐玄宗天宝三载(744)春。诗人在朝中受到排挤,寂寞失意的诗人只能借酒浇愁。透过字里行间,我们可以看出诗人内心的孤寂和苦闷。

独酌无相亲

送贺宾客归越①

镜湖流水漾清波②,狂客归舟逸兴多③。
山阴道士如相见,应写黄庭换白鹅④。

注释 ①贺宾客:即贺知章,曾任太子宾客之职。越:这里指贺知章的故乡山阴。②镜湖:即鉴湖,浙江绍兴的风景名胜。漾:荡漾。③狂客:贺知章,号"四明狂客"。逸兴:超脱豪迈的兴致。④山阴道士如相见,应写黄庭换白鹅:典出《太平御览》,王羲之非常喜欢山阴道士养的鹅,道士却要王羲之写《黄庭经》来换,这里用来赞美贺知章的书法高超绝妙。

导读 这是一首送别诗,作于唐天宝三载(744)。贺知章和李白是忘年交,当李白得知贺知章要告老还乡时,随手写了这首诗赠送给他。这首诗抓住鉴湖和羲之换鹅事来写,赞美了贺知章超脱豪迈的兴致以及他的书法才能。

鲁郡东石门送杜二甫[①]

醉别复几日,登临遍池台。
何时石门路,重有金樽开[②]。
秋波落泗水[③],海色明徂徕[④]。
飞蓬各自远[⑤],且尽手中杯[⑥]。

注释 ①鲁郡:鲁城,今山东曲阜。石门:山名,在山东曲阜东北,风景秀丽,李、杜经常游览此山。杜二甫:即杜甫,他在家排行老二,所以称杜二甫。②金樽:用金子做的酒杯,形容酒杯非常精美。③泗水:水名,泗河古称泗水。④徂徕:山名,在山东泰安东南。⑤飞蓬:多处飞舞的蓬草,比喻人多处飘零的行迹。⑥尽:喝尽,喝完。

导读 这是一首送别诗,作于唐玄宗天宝四载(745),送别的人是杜甫。这次是李杜二人第三次见面。天宝三载三月,李杜在洛阳一见如故,从此成就了诗坛上的一段佳话。

梦游天姥吟留别[①]

海客谈瀛洲[②],烟涛微茫信难求[③]。
越人语天姥[④],云霞明灭或可睹[⑤]。
天姥连天向天横[⑥],势拔五岳掩赤城[⑦]。
天台四万八千丈[⑧],对此欲倒东南倾[⑨]。
我欲因之梦吴越[⑩],一夜飞度镜湖月[⑪]。
湖月照我影,送我至剡溪[⑫]。
谢公宿处今尚在[⑬],渌水荡漾清猿啼[⑭]。
脚著谢公屐[⑮],身登青云梯[⑯]。
半壁见海日[⑰],空中闻天鸡[⑱]。
千岩万转路不定,迷花倚石忽已暝[⑲]。
熊咆龙吟殷岩泉[⑳],栗深林兮惊层巅[㉑]。
云青青兮欲雨[㉒],水澹澹兮生烟[㉓]。
列缺霹雳[㉔],丘峦崩摧。
洞天石扉[㉕],訇然中开[㉖]。

青冥浩荡不见底㉗,日月照耀金银台㉘。
霓为衣兮风为马,云之君兮纷纷而来下㉙。
虎鼓瑟兮鸾回车㉚,仙之人兮列如麻。
忽魂悸以魄动,恍惊起而长嗟㉛。
惟觉时之枕席㉜,失向来之烟霞㉝。
世间行乐亦如此,古来万事东流水㉞。
别君去兮何时还,且放白鹿青崖间,须行即骑访名山㉟。
安能摧眉折腰事权贵㊱,使我不得开心颜!

注释 ①天姥(mǔ):山名,在今浙江新昌东,传说登山之人能够听到仙人天姥唱歌的声音,故名。②海客:航海者,航海之人。瀛洲:古代传说中的东海三座仙山之一。③

烟涛:波涛渺茫,远看像烟雾笼罩的样子。微茫:景象模糊不清。信:实在。难求:难以寻访。④越人:这里指浙江一带的人。语:谈论。⑤云霞明灭:云霞忽明忽暗。或:有时。睹:看。⑥连天:高可接天。向天横:冲向天空以至于遮住天空。横:遮断。⑦拔:超出。五岳:指东岳泰山、西岳华山、中岳嵩山、北岳恒山、南岳衡山五座山。赤城:山名,在今浙江天台北,土色皆赤。⑧天台:山名,在今浙江天台北。四万八千丈:虚指,形容天台山非常高。⑨此:代指天姥山。东南倾:向东南方向倾斜。⑩因:依据。之:代指前段越人的话。梦吴越:梦中抵达吴越之地。⑪镜湖:指浙江绍兴的镜湖,也称鉴湖。⑫剡(shàn)溪:水名,在今浙江嵊州南。⑬谢公:指南朝宋山水诗人谢灵运,他游历天姥山时,曾在剡溪居住过。⑭渌水:清澈的水。清:凄清之意。⑮著:穿。谢公屐:指谢灵运登山时穿的一种特制的木屐。⑯青云梯:这里指上山高峻入云的路。⑰半壁见海日:上到半山腰就见到从海上升起的太阳。⑱天鸡:古代传说,东南有桃都山,山上有大树,树枝绵延三千里,树上栖有天鸡,初升太阳的光芒照在这棵树上时天鸡就叫起来,天下的鸡也跟着它叫。⑲暝:日暮,黄昏。⑳殷岩泉:即"岩泉殷"。殷(yǐn):这里用作动词,震响。㉑栗:使……战栗。惊:使……震惊。㉒青青:黑沉沉的样子。㉓澹澹(dàndàn):水波微微荡漾的样子。㉔列缺:这里指闪电。列:通"裂",裂开,分裂。㉕洞天:神仙所居的洞府,意谓洞中别有天地。石扉:即石门。㉖訇(hōng)然:形容声音很大。㉗青冥:青天。㉘金银台:用金银筑成的宫阙,这里指神仙所居之处。㉙云之君:这里指云里的神仙。㉚鸾:传说中凤凰一类的神鸟。回:回旋,运转。㉛恍:恍然,猛然。㉜觉(jué)时:醒时。㉝向来:原来。烟霞:指前面所写的仙境。㉞东流水:(像)东流水一样(一去不复返)。㉟且:暂且。青崖间:青青的山崖之间。须:等待。㊱摧眉折腰:低头弯腰,卑躬屈膝。

导读 这是一首游仙诗,作于唐玄宗天宝四载(745)。唐玄宗天宝三载(744),诗人被放出京,结束了两年的仕宦生涯,从东鲁(今山东)南游越州之际,写了这首游仙诗,留给在东鲁的朋友。诗人通过瑰奇的想象,抒发了自己对自由的渴求,表现了蔑视权贵的叛逆精神。

沙丘城下寄杜甫①

我来竟何事②？高卧沙丘城③。
城边有古树，日夕连秋声④。
鲁酒不可醉⑤，齐歌空复情⑥。
思君若汶水⑦，浩荡寄南征⑧。

注释 ①沙丘：今山东兖州。寄：寄送。②竟：究竟，终究。何事：什么事情。③高卧：高枕而卧，这里指闲居。④日夕：朝暮，从早晨到晚上，整天。连：连续不断。秋声：秋风吹动草木发出的声响。⑤鲁酒不可醉：典出《庄子·胠箧》："鲁酒薄而邯郸围。"这里指鲁地的酒不醉人。⑥空复情：徒有情意。⑦汶水：鲁地河流名。⑧浩荡：形容汶水水势汹涌、壮阔浩大的样子。南

征：南行，这里指代前往南方的杜甫。

导读 这是一首怀人诗，作于唐玄宗天宝五载(746)。唐玄宗天宝四载(745)的某一天，诗人李白和杜甫再次游览东鲁，此后二人各奔东西，不复再见。李白怀念他和杜甫相处的日子，于是写下了这首诗，表达了他对杜甫的思念之情。

丁都护歌①

云阳上征去②,两岸饶商贾③。
吴牛喘月时④,拖船一何苦⑤!
水浊不可饮,壶浆半成土。
一唱都护歌,心摧泪如雨。
万人凿磐石⑥,无由达江浒⑦。
君看石芒砀⑧,掩泪悲千古。

注释 ①丁都护歌:乐府旧题,属《清商曲辞·吴声歌曲》,言辞凄切。②云阳:地名,今江苏丹阳,唐时属江南道润州,是长江下游商业繁荣区,有运河直达长江。③饶:富足,多。④吴牛喘月:典出《世说新语·言语》,说的是南方的牛夏天怕热,晚上见到月亮,以为是太阳出来,所以就害怕起来。

这里指代夏天。⑤拖船一何苦:纤夫拉船多么辛苦啊。⑥凿:开凿。⑦浒:水边。⑧石芒砀(dàng):芒砀山。砀:有花纹的石头。

导读 这是一首即事感怀诗,作于唐玄宗天宝六载(747)六月,是李白诗歌中少见的一首现实主义题材的诗篇。全诗通过对典型环境的描写,刻画了在赤日炎炎下拖船的纤夫,表现了李白对纤夫的深深同情。

越中览古①

越王勾践破吴归②,义士还家尽锦衣③。
宫女如花满春殿,只今惟有鹧鸪飞④。

注释 ①越中:指会稽,今浙江绍兴,春秋时越国曾建都于此。览古:游览古迹。②越王勾践:春秋时期,吴越争霸,越王勾践被吴王夫差打败。勾践不忘耻辱,励精图治,使国力逐渐得到恢复,最后一举灭掉了吴国,夫差自杀。③义士:指为越王破吴的臣子。尽:全,都。锦衣:华丽的服装。④鹧鸪(zhègū):鸟名,形似母鸡,羽毛黑白相杂,腹背有眼状白斑,叫声凄厉。

导读 这是一首怀古诗,作于唐玄宗开元十四年(726)。李白游览越中,感慨于吴越争霸之事,有感而发,希望当朝统治者能够引以为戒,居安思危。

登金陵凤凰台①

凤凰台上凤凰游②,凤去台空江自流。
吴宫花草埋幽径③,晋代衣冠成古丘④。
三山半落青天外⑤,二水中分白鹭洲⑥。
总为浮云能蔽日⑦,长安不见使人愁⑧。

注释 ①金陵:今江苏南京。凤凰台:在金陵凤凰山上。②凤凰游:相传南朝宋元嘉年间,有凤凰栖落凤凰山,筑凤凰台。③吴宫:三国时孙吴建都金陵。幽径:幽深的小路。④晋代:东晋建都金陵。衣冠:原指士大夫的穿戴,借代豪门世族。古丘:古老的坟墓。⑤三山:山名,旧址在今三山街。半落:一半坐落。青天外:形容非常遥远。⑥二水:指秦淮河流经南京后入长江,被江中

的白鹭洲一分为二。白鹭洲:古长江中的沙洲,因白鹭多集于此而得名。⑦浮云蔽日:阴云遮挡太阳,比喻奸贼当道,良臣遭殃。⑧长安:唐代都城,指代朝廷和皇帝。

导读 这是一首怀古抒情诗,具体写作时间不详。诗人通过登临金陵凤凰台,在抒发思古之幽情的同时,寄托了自己怀才不遇的感慨。

苏台览古①

旧苑荒台杨柳新②,菱歌清唱不胜春③。
只今惟有西江月,曾照吴王宫里人④。

注释 ①苏台:即姑苏台,相传春秋时期吴王夫差筑建的游乐场所,故址在今江苏苏州西南姑苏山上。览古:游览古迹。②旧苑:这里指苏台。荒台:荒芜的姑苏台。③菱歌:江南水乡老百姓采菱时所唱的民歌。不胜春:不尽的春意。胜:尽。④吴王宫里人:指吴王夫差宫里的嫔妃。

导读 这是一首怀古诗,作于唐玄宗天宝七载(748),李白游览苏州的姑苏台,感慨于吴王夫差之事,有感而发。诗人通过姑苏台今夕对比,抒发了历史盛衰之叹。

闻王昌龄左迁龙标遥有此寄①

杨花落尽子规啼②,闻道龙标过五溪③。
我寄愁心与明月④,随风直到夜郎西⑤。

注释 ①王昌龄:唐代诗人,天宝年间被贬为龙标县尉。左迁:古人以右为尊,所以把贬官叫作左迁。②杨花:柳絮。子规:即杜鹃鸟,啼鸣声哀婉凄切。③闻道:听说。龙标:地名,诗中指代王昌龄。五溪:五条水流的名称,在今湖南西部和贵州东部。唐朝时期,这些地方都是荒僻之地。④愁心:忧愁之心,这里是诗人为王昌龄遭贬而愁,有同情、关切之意。⑤夜郎:唐代的夜郎有两个地方,一个在今天的贵州,一个在今天的湖南。王昌龄被贬的夜郎在湖南。

导读 这是一首抒情诗,作于唐玄宗天宝八载(749)。开元二十八年(740),李白与王昌龄在巴陵相遇,二人一见如故。天宝八载,李白听说王昌龄被贬龙标县尉,愤然写下了这首绝句。诗中表达了对好友不幸遭遇的同情和关切,抒发愤慨,寄托慰藉。

金乡送韦八之西京①

客自长安来②,还归长安去。
狂风吹我心,西挂咸阳树③。
此情不可道④,此别何时遇?
望望不见君⑤,连山起烟雾⑥。

注释 ①金乡:今山东金乡。韦八:李白的朋友,生平不详。西京:即长安,天宝元年(742)改称西京。②客:这里指韦八。③咸阳:今陕西咸阳,秦朝的都城,这里指代长安。④不可道:没有办法用语言表达。⑤望望:遥望。⑥连山:连绵起伏的山脉。

导读 这是一首送别诗,作于唐玄宗天宝八载(749)春。诗人东游山东,在金乡遇到在长安做官的老朋友韦八,于是勾起了诗人对长安生涯的回忆和不舍。

梁甫吟

长啸梁甫吟①,何时见阳春?
君不见,朝歌屠叟辞棘津②,八十西来钓渭滨!
宁羞白发照清水,逢时吐气思经纶③。
广张三千六百钓④,风期暗与文王亲。
大贤虎变愚不测⑤,当年颇似寻常人。
君不见,高阳酒徒起草中⑥,长揖山东隆准公⑦。
入门不拜骋雄辩,两女辍洗来趋风⑧。
东下齐城七十二⑨,指挥楚汉如旋蓬⑩。
狂客落魄尚如此,何况壮士当群雄!
我欲攀龙见明主⑪,雷公砰訇震天鼓⑫,帝旁投壶多玉女⑬。
三时大笑开电光⑭,倏烁晦冥起风雨⑮。

阊阖九门不可通⑯,以额扣关阍者怒⑰。
白日不照吾精诚,杞国无事忧天倾⑱。
猰貐磨牙竞人肉⑲,驺虞不折生草茎⑳。
手接飞猱搏雕虎㉑,侧足焦原未言苦㉒。
智者可卷愚者豪㉓,世人见我轻鸿毛㉔。
力排南山三壮士㉕,齐相杀之费二桃㉖。
吴楚弄兵无剧孟㉗,亚夫咍尔为徒劳㉘。
梁甫吟,声正悲。
张公两龙剑㉙,神物合有时。
风云感会起屠钓㉚,大人岘屼当安之㉛。

注释 ①长啸:放声发出长而清越的声音,吟唱。梁甫:山东泰山周围的一座山名。②朝歌屠叟:典出《战国策·秦策三》和《战国策·秦策五》,说的是吕望的事情。吕望即姜子牙,在没有得到赏识之前,在朝歌当屠

夫,后来在渭水垂钓,得到西伯侯的重用,尊为太公望。③经纶:筹划国家大事。④三千六百钓:指吕尚在渭河垂钓十年,共三千六百日。⑤大贤:指代吕望。虎变:典出《易经·革卦》九五"大人虎变",这里指大人物的行为变化莫测,突然得志,非常人所能预料。⑥高阳酒徒:典出《史记·郦生陆贾列传》,说的是西汉郦食其(lìyìjī)的故事,他自称高阳酒徒,后成为刘邦的谋士。⑦隆准公:因为刘邦鼻子高大,这里指代刘邦。⑧趋风:像风一样疾行。⑨"东下"句:说的是郦食其游说齐国,齐王愿意拿出七十二座城池归汉。⑩旋蓬:在空中飘旋的蓬草,比喻非常简单的事情。⑪攀龙:典出《后汉书·光武帝纪》,说的是士人跟随刘秀目的是为了攀龙鳞,附凤翼,后用来指依附帝王将相建功立业。⑫雷公:传说中的雷神。砰訇

(hōng)：形容雷声洪亮。⑬帝旁投壶多玉女：神话传说故事，相传东王公经常与玉女玩投壶游戏，每次投一千二百支，如果不中则天为之笑。⑭三时大笑开电光：天笑时，就会流火闪耀，即为闪电。三时：早、午、晚。⑮倏烁：电光闪耀的样子。晦冥：昏暗。⑯阊阖（chānghé）：神话传说中的天门。⑰阍者：看守天门的人。⑱杞国无事忧天倾：典出《列子·天瑞》，说的是杞国有个人因为担心天掉下来而整天忧心忡忡。⑲猰貐（yàyǔ）：神话传说中一种吃人的野兽，比喻阴险凶恶之人。竞人肉：争着吃人肉。⑳驺虞（zōuyú）：神话传说中的一种仁兽，不伤人畜，不践踏生草，作者自比驺虞，表示不与奸人同流合污。㉑接：搏斗。飞猱、雕虎：比喻凶险之人。㉒焦原：春秋时期的一块大石，位置险要，无畏者才敢登。

㉓智者可卷：智者可以收敛自如。豪：强横。㉔轻鸿毛：轻如毫毛，意思是看不起。㉕力排南山三壮士：典出《晏子春秋》，说的是齐景公手下的三个勇士公孙接、田开疆、古冶子，虽然能力搏猛虎，却不知礼义。㉖齐相杀之费二桃：齐相国晏婴通过两只桃子杀死了公孙接、田开疆、古冶子三人。㉗吴楚弄兵无剧孟：典出《史记·游侠列传》，七国叛乱时，汉景帝派周亚夫领兵讨伐。周亚夫说，吴楚叛乱，如果不用剧孟，一定会失败的。㉘咍（hāi）尔：讥笑。㉙张公：指西晋张华。两龙剑：典出《晋书·张华传》，说的是古代名剑干将和莫邪分开又突然相会后化为两条蛟龙的事情。㉚风云感会：风云际会以成就大业。起屠钓：起用吕望，这里指起用人才。㉛大人：有才干之人。𡾰𡶐（nièwù）：不安的样子，这里指遭

遇挫折。当安之：应当安心等待。

导读 这是一首咏史怀古诗，大概作于唐玄宗天宝九载（750）。"梁甫"，又称梁父，是山东泰山旁边的一座名山，古时当地人死之后吹奏的《梁甫吟》，据说是哀悼齐国的三勇士。但是，也有人认为，《梁甫吟》是为了赞美齐相国晏婴"二桃杀三士"的非凡智慧。也许这样解读，才能解释清楚为什么三国的诸葛亮好为《梁甫吟》了。

将 进 酒①

君不见黄河之水天上来②,奔流到海不复回。

君不见高堂明镜悲白发,朝如青丝暮成雪③。

人生得意须尽欢④,莫使金樽空对月⑤。

天生我材必有用,千金散尽还复来⑥。

烹羊宰牛且为乐⑦,会须一饮三百杯⑧。

岑夫子,丹丘生⑨,将进酒,杯莫停。

与君歌一曲⑩,请君为我倾耳听。

钟鼓馔玉不足贵⑪,但愿长醉不愿醒。

古来圣贤皆寂寞⑫,惟有饮者留其名。

陈王昔时宴平乐⑬,斗酒十千恣欢谑⑭。

主人何为言少钱⑮,径须沽取对君酌⑯。

五花马,千金裘⑰,呼儿将出换美酒⑱,

与尔同销万古愁⑭。

注释 ①将进酒：汉乐府旧题，属《鼓吹曲辞》。将(qiāng)：请。②君：你，这里泛指。③朝：早上。暮：傍晚。④得意：称心如意。须：应当。尽欢：尽情欢乐，纵情欢乐。⑤樽：盛酒器，酒杯。⑥千金：指大量金银财宝。⑦烹羊宰牛：指代丰盛的酒宴。且为乐：姑且作乐。⑧会须：应当。⑨岑(cén)夫子，丹丘生：这里指与李白同游的岑勋、元丹丘。二人均为李白的好友。⑩君：指代岑勋、元丹丘二人。⑪钟鼓：鸣钟击鼓作乐。馔(zhuàn)玉：美好的食物。⑫寂寞：这里指被世人冷落的意思。⑬陈王：指三国的曹植，他被封于陈地，死后谥为"思"。平乐(lè)：平乐观，在洛阳西门外，这里指

代豪华的宴饮场所。⑭斗酒十千：一斗酒价值十千钱。恣(zì)：放纵，无拘无束。谑(xuè)：玩笑。⑮何为：为什么。言少钱：说钱少。⑯径须：只管，尽管。沽(gū)：通"酤"，买或卖，这里指买。⑰五花马：毛色斑驳的马，这里指代名贵的马。千金裘：价值千金的皮衣。⑱将：拿。⑲尔：你们，这里指岑夫子和丹丘生。销：同"消"。万古愁：无穷无尽的愁闷。

导读 这是一首抒情诗，作于唐玄宗天宝十一载(752)，当时五十二岁的李白已经离开长安达八年之久。这首诗主要写他和岑勋在嵩山元丹丘家里做客宴饮的场面。诗人狂饮高歌，以酒消愁，抒发了他狂放不羁、忧愤深广的人生感慨。

人生得意须尽欢

北 风 行①

烛龙栖寒门②,光耀犹旦开③。
日月照之何不及此④,唯有北风号怒天上来⑤。
燕山雪花大如席⑥,片片吹落轩辕台⑦。
幽州思妇十二月,停歌罢笑双蛾摧⑧。
倚门望行人⑨,念君长城苦寒良可哀⑩。
别时提剑救边去,遗此虎文金鞞靫⑪。
中有一双白羽箭,蜘蛛结网生尘埃⑫。
箭空在,人今战死不复回。
不忍见此物,焚之已成灰⑬。
黄河捧土尚可塞⑭,北风雨雪恨难裁⑮。

注释 ①北风行:乐府旧题,属《杂曲歌辞》,内容多是北风雨雪、行人不归的伤感之辞。

②烛龙:中国古代神话传说中的龙,据说居住在不见阳光的极北的寒门,眼睁为昼,眼闭为夜。寒门:传说中北方极寒的地方,这里借指思妇的家非常苦寒。③光耀:太阳照耀。犹:好像。④此:唐代的幽州,治所在今北京大兴,这里指代安禄山统治的地区黑暗一片。⑤唯有:只有。⑥燕山:山名,在河北平原的北侧。⑦轩辕台:为纪念黄帝而建的高台,故址在今河北怀来县乔山上。⑧双蛾:指代女子的双眉。摧:悲伤,悲痛。⑨行人:来来往往之人。⑩长城:泛指北方边塞之地。良:实在。哀:悲哀,伤心。⑪虎文金鞞鞴(bǐngchá):绘有虎纹图案的箭袋。⑫尘埃:尘土,说明时间之长久。⑬焚:焚烧。⑭黄河捧土尚可塞:典出"此犹河滨之人,捧土以塞孟津,多见其不知量也"。这里反其意而用之,意思是

说黄河的流水都可以用土堵塞住。⑮北风雨雪恨难裁:心里的离别之恨难以消除。

导读 这是一首反战诗,大概作于天宝十一载(752)。全诗以思妇思念战死的征夫为主线,揭露了战争给人们带来的沉重的灾难,控诉了战争的罪恶,发出了同情人民的呼声。

远 别 离

远别离①,古有皇英之二女②,乃在洞庭之南,潇湘之浦③。
海水直下万里深,谁人不言此离苦?
日惨惨兮云冥冥④,猩猩啼烟兮鬼啸雨⑤。
我纵言之将何补⑥?
皇穹窃恐不照余之忠诚⑦,雷凭凭兮欲吼怒⑧。
尧舜当之亦禅禹⑨,君失臣兮龙为鱼,权归臣兮鼠变虎。
或言尧幽囚⑩,舜野死⑪,九疑联绵皆相似⑫,重瞳孤坟竟何是⑬?
帝子泣兮绿云间⑭,随风波兮去无还。
恸哭兮远望⑮,见苍梧之深山。

苍梧山崩湘水绝,竹上之泪乃可灭。

注释 ①远别离:乐府旧题,属《杂曲歌辞》,多抒写悲伤离别之事。②皇英:指娥皇、女英。《列女传·母仪传》记载:娥皇、女英是舜帝的两个妃子。她们跟随舜帝南巡,最后溺死于湘江,后世称之为湘君。③乃在洞庭之南,潇湘之浦:传说娥皇、女英的魂魄在洞庭之南游荡,经常出没于潇湘之滨。乃:于是,就。④日惨惨:太阳暗淡无光。云冥冥:乌云阴晦、昏暗的样子。⑤猩猩啼烟:猩猩在烟云中啼叫。鬼啸雨:鬼神在大雨中长啸。⑥纵:纵然。补:补益。⑦皇穹:苍天,这里喻指唐玄宗。窃恐:私下以为。⑧凭凭:盛大的样子。⑨禅:禅让,统治者把帝位让给别人。⑩或言:有的说。

尧幽囚:传说尧曾经被舜关押起来,父子不得相见。幽囚:囚禁。⑪舜野死:传说舜南巡时死于湖南苍梧。⑫九疑:即苍梧山,相传舜死后葬在这里。⑬重瞳:两个瞳仁,这里指代舜。⑭帝子:这里指娥皇、女英。⑮恸(tòng)哭:放声大哭。

导读 这是一首怀古诗,作于唐玄宗天宝十二载(753)。这首诗表面上是写舜帝与二妃的别离,实际上是借古讽今,道出远别离的原因是君失臣,权归臣。

宣州谢朓楼饯别校书叔云①

弃我去者昨日之日不可留,
乱我心者今日之日多烦忧②。
长风万里送秋雁③,对此可以酣高楼④。
蓬莱文章建安骨⑤,中间小谢又清发⑥。
俱怀逸兴壮思飞⑦,欲上青天揽明月⑧。
抽刀断水水更流,举杯消愁愁更愁。
人生在世不称意⑨,明朝散发弄扁舟⑩。

注释 ①宣州:今安徽宣城一带。谢朓(tiǎo)楼:又名谢公楼,在安徽宣城陵阳山上,南朝诗人谢朓任宣城太守时所建。饯别:设酒食为人送行。校(jiào)书:唐代官名,掌管朝廷的图书整理工作。叔云:李白的族叔李云。②乱我心者:使我心烦乱的。③长风:大风。④此:指代万里长风、秋雁的景色。酣(hān):酒喝得畅快。⑤蓬莱文

章:因为李云担任校书一职,这里借指李云的文章。蓬莱:典出《后汉书·窦章传》,相传蓬莱仙山曾藏幽经秘籍。建安骨:汉献帝建安年间,文坛上出现了"三曹"和"七子"等作家,后人称之为"建安风骨"。⑥小谢:指谢朓,字玄晖,南朝齐诗人,以别于"大谢"谢灵运,这里是作者自喻。清发(fā):指清新俊逸的诗风。⑦俱:一起。逸兴(xìng):飘逸豪放的兴致。⑧揽:摘取。⑨称(chèn)意:称心如意。⑩散发(fà):不束冠,把头发披散开来,意思是不做官。扁(piān)舟:典出《史记·货殖列传》,范蠡功成身退,"乘扁舟浮于江湖"。

导读 这是一首送别诗,大概作于唐天宝十二载(753)的秋天。他和族叔李云登上谢朓楼畅饮,面对美酒古人,诗人把自己内心的郁闷一股脑儿倾倒给叔叔,面对无奈的现实,诗人也流露出归隐的想法。

秋登宣城谢朓北楼[①]

江城如画里[②],山晚望晴空[③]。
两水夹明镜[④],双桥落彩虹[⑤]。
人烟寒橘柚[⑥],秋色老梧桐[⑦]。
谁念北楼上[⑧],临风怀谢公[⑨]?

注释 ①谢朓北楼:谢朓楼,南朝诗人谢朓任宣城太守时所建,是宣城的登临胜地。谢朓(tiǎo):南朝齐杰出诗人,善作山水田园诗,为了和谢灵运相区别,又称他"小谢"。②江城:江边之城,这里指代宣城。③晴空:晴朗的天空。④两水:这里指宛溪和句溪两条河,河上有桥。⑤双桥:指宛溪上的凤凰桥和句溪上的济川桥。彩虹:这里指桥在水中的倒影像彩虹一样。⑥人

烟:炊烟。寒:使动用法,使……凋零,使……枯萎。⑦老:使动用法,使……老。⑧北楼:谢朓楼。⑨怀:怀念。谢公:谢朓。

导读 这是一首登临诗,作于唐玄宗天宝十二载(753),李白中秋节后再次登临谢朓楼。把酒临风,触景生情,在描写宣城谢朓楼优美景色的同时,抒发了自己怀才不遇的伤感。

古朗月行[1]

小时不识月[2],呼作白玉盘。
又疑瑶台镜[3],飞在青云端[4]。
仙人垂两足[5],桂树何团团[6]?
白兔捣药成[7],问言与谁餐[8]?
蟾蜍蚀圆影[9],大明夜已残[10]。
羿昔落九乌[11],天人清且安[12]。
阴精此沦惑[13],去去不足观[14]。
忧来其如何,凄怆摧心肝[15]。

注释 ①朗月行:乐府的一个古题。②不识:不认识。③疑:疑惑。瑶台:传说中神仙居住的地方。④端:顶端。⑤仙人:指月中的神仙。⑥团团:圆圆的样子。⑦白兔捣药:神话传说中的月宫白兔在桂树下捣

药。⑧与谁餐:给谁吃。⑨蟾蜍:俗称癞蛤蟆,传说月亮中有三条腿的蟾蜍。蚀:侵蚀。圆影:这里指月亮。⑩大明:这里指月亮。⑪羿:中国古代神话中射落九个太阳的英雄。乌:传说太阳中有三足乌,这里指代太阳。⑫天人:天上人间。清:清净。⑬阴精:这里指代月。沦惑:沉沦迷惑。⑭去去:远去,越去越远。观:观看。⑮凄怆:伤心之意。摧:悲伤,伤痛。

导读 这是一首抒情诗,作于唐玄宗天宝十二载(753)。《朗月行》是乐府古题。李白采用了这个题目,所以称《古朗月行》。诗人运用浪漫主义手法,先写小时候对月亮宛若仙境般的景致的认识,接着写月亮的残缺以至最后完全隐没,抒发了诗人内心的忧愤不平。

独坐敬亭山①

众鸟高飞尽②,孤云独去闲。
相看两不厌③,只有敬亭山。

注释 ①独:独自一人。敬亭山:山名,在今安徽宣城北。②尽:消失,没有了。③相看:你看我,我看你,这里指敬亭山和诗人。厌:满足。

导读 这是一首写景诗,作于唐玄宗天宝十二载(753)秋。李白曾多次到宣城,他的很多诗作中都描写过敬亭山。这首诗表面写诗人独游敬亭山的情趣,实际上表达了他长期漂泊的孤独失意和对现实的不满。

哭晁卿衡①

日本晁卿辞帝都②,征帆一片绕蓬壶③。
明月不归沉碧海④,白云愁色满苍梧⑤。

注释 ①哭:吊唁。晁卿衡:即晁衡,日本高僧,原名阿倍仲麻吕。唐玄宗开元五年(717)来中国求学,改姓名为朝衡(又作晁衡)。卿:古代对男子的敬称。②辞:辞别,告别。帝都:这里指长安。③帆:这里代指船。蓬壶:指蓬莱、方壶二仙山,这里指晁衡在海中航行。④明月:这里以明月喻指晁衡的品德高洁。沉碧海:指晁衡溺死海中。沉:没入水中。⑤白云愁色满苍梧:密布的乌云笼罩着苍梧山。

导读 这是一首悼亡诗,作于唐玄宗天宝十三载(754)。诗人在广陵听说晁衡回国途中遇难,非常悲痛,想到和晁衡的种种交往,于是作了这首诗。

秋浦歌①(十七首其十四)

炉火照天地②,红星乱紫烟③。
赧郎明月夜④,歌曲动寒川⑤。

注释 ①秋浦:唐代县名,在今安徽池州。②炉火:秋浦在唐代时,经常开采银和铜,这里指冶炼银、铜的炉火。③红星:指炉火溅出的火星。乱:混杂,混淆。紫烟:冶炼金属时发出的烟。④赧郎:指冶炼工人。赧(nǎn):因羞愧而脸红,这里指冶炼工人的脸被炉火映红。⑤动:震动,这里是使动用法,使……震动。寒川:寒冷的山川。

导读 这是一首场面描写诗,是《秋浦歌》组诗十七首中的第十四首。这组诗大概作于唐玄宗天宝十三载(754),从不同角度歌咏了秋浦的山川风物和民俗风情。这是第十四首,描写了冶炼工人劳作的热烈场面。

秋浦歌(十七首其十五)

白发三千丈①,缘愁似个长②。
不知明镜里③,何处得秋霜④。

注释 ①白发:白色的头发。三千丈:夸张用语,形容白发很长。②缘愁:因为忧愁。个:如此,这样。③不知:不知道。④何处:在什么地方。得:得到。秋霜:这里指白发,形容头发像秋霜一样白。

导读 这是一首抒情诗,是《秋浦歌》组诗十七首中的第十五首,也是组诗中流传最广的一首。诗人当时已经五十多岁了,壮志未酬,人已衰老,所以以"愁"为题,运用浪漫主义的手法,通过夸张来表现他内心的痛苦,借此抒发他怀才不遇的感慨。

清 溪 行

清溪清我心①,水色异诸水②。
借问新安江③,见底何如此?
人行明镜中,鸟度屏风里④。
向晚猩猩啼⑤,空悲远游子⑥。

注释 ①清溪:河流名,在安徽境内,最后汇入长江。②异:不同。诸:众多,许多。③新安江:河流名,发源于安徽,在浙江境内汇入钱塘江。④度:度过,这里指鸟儿飞过。屏风:这里指清溪的景色像屏风一样美。⑤向晚:临近晚上。啼:啼叫。⑥游子:久居他乡的人。这里指作者。

导读 这是一首借景抒情诗,作于唐玄宗天宝十三载(754)。诗人在赞美清溪水色天光的同时,也透露出他喜清厌浊的高尚情怀。

赠 汪 伦①

李白乘舟将欲行②,忽闻岸上踏歌声③。
桃花潭水深千尺④,不及汪伦送我情⑤。

注释 ①汪伦:李白的朋友。②乘:坐。舟:船。将欲行:刚想离开。③踏歌:唐代一种边歌边舞的活动形式。④桃花潭:在今安徽省东南部的泾县。深千尺:这里运用夸张的手法。⑤不及:比不上。情:情谊。

导读 这是一首千古传诵的送别诗。李白游安徽泾县贾村桃花潭时,与汪伦结下深厚的友谊。临别时,汪伦又率领村人前来送行,李白很受感动,即兴而作《赠汪伦》。这首诗运用夸张、对比等手法,描写了汪伦对诗人的深厚情谊。

不及汪伦送我情

宣城见杜鹃花[①]

蜀国曾闻子规鸟[②],宣城还见杜鹃花。
一叫一回肠一断,三春三月忆三巴[③]。

注释 ①宣城:今属安徽。杜鹃花:即映山红,每年暮春开放,此时正是杜鹃鸟啼鸣之时,所以叫杜鹃花。②蜀国:指四川,李白的故乡。子规鸟:又名杜鹃,传说是古蜀王杜宇死后所化,鸣声凄厉,会勾起人的思乡之情。③三春:指孟春、仲春、季春三春。三巴:指巴郡、巴东、巴西三郡,这里指代蜀国。

导读 这是一首思乡诗,作于唐玄宗天宝十四载(755)。诗人把愁思贯穿整首诗歌始终,通过对子规、杜鹃花等的描写,抒发他对故乡的思念之情。

独 漉 篇①

独漉水中泥,水浊不见月。

不见月尚可,水深行人没。

越鸟从南来②,胡鹰亦北渡。

我欲弯弓向天射③,惜其中道失归路。

落叶别树,飘零随风。客无所托,悲与此同。

罗帏舒卷④,似有人开。明月直入,无心可猜。

雄剑挂壁⑤,时时龙鸣。不断犀象⑥,锈涩苔生⑦。

国耻未雪⑧,何由成名。神鹰梦泽⑨,不顾鸱鸢⑩。

为君一击,鹏抟九天⑪。

注释 ①独漉(lù):水名,据说在河北,此水

凶险吞人,这里是双关,暗指安禄山统治下的人民处在水深火热之中。涸:使水干涸之意。②越鸟:和下文的"胡鹰"都有所指。③弯弓:张弓射箭。④罗帏:用丝绸做的帐子。舒卷:开合,这里形容罗帏在风吹动下的样子。⑤雄剑:这里指宝剑。挂壁:悬挂在墙壁上,比喻自己不能发挥才能。⑥断犀象:典出曹植《七启》,言宝剑可以斩断犀牛和大象。指宝剑锋利。⑦锈涩苔生:言宝剑长期不用已经生了锈,上面长了苔藓。⑧国耻:国家的耻辱,这里指安禄山之乱。⑨神鹰:典出《太平广记》,说的是凶猛的神鹰对凡鸟没有感觉,一击就命中巨鹏。梦泽:古代湖泊群,与云泽合称云梦泽。⑩鸱鸢(chīyuān):猫头鹰和老鹰,两者都是凡鸟。⑪鹏:鲲鹏。抟:环绕,盘旋。

导读 这是一首抒情诗,大概作于唐肃宗至德元载(756)、安史之乱爆发以后。这年冬天,李白担任永王李璘的幕僚,发出了"为君一击,鹏抟九天"的豪言壮语。

永王东巡歌①(其十一)

试借君王玉马鞭②,指挥戎虏坐琼筵③。
南风一扫胡尘静④,西入长安到日边⑤。

注释 ①永王:唐玄宗第十六子,名李璘。开元十三年(725)受封永王,唐肃宗至德元载,发动叛乱,史称"永王之乱",最后李璘被杀,李白因做他的幕僚,也被流放到夜郎。②君王:这里指永王李璘。玉马鞭:这里指代军事指挥权。③指挥:发号施令。戎虏:古代对西北少数民族的蔑称。琼筵:盛宴,这里指代办公地点。④胡尘:这里指代上面的戎虏。⑤日:这里喻指皇帝。

导读 这是一首爱国诗,作于唐肃宗至德二载(757)。诗人运用浪漫的想象和象征的手法,塑造了一位能够马上安天下的盖世英雄的自我形象。

上 三 峡[①]

巫山夹青天[②],巴水流若兹[③]。
巴水忽可尽,青天无到时。
三朝上黄牛[④],三暮行太迟。
三朝又三暮,不觉鬓成丝[⑤]。

注释 ①三峡:指长江之瞿塘峡、巫峡和西陵峡。②巫山:在今重庆巫山南,山高景美,最著名的是巫山十二峰。③巴水:指代长江三峡的流水。兹:此,这里。④三朝上黄牛:典出《水经注·江水》,说明此处水流湍急,需要经过三天时间才可以过去。⑤鬓:鬓发。

导读 这是一首写景诗,作于唐肃宗乾元元年(758)流放夜郎途中。诗人描写三峡险峻的同时,也表现了自己被流放后内心的孤寂和痛苦。

巴水流若兹

早发白帝城[①]

朝辞白帝彩云间[②],千里江陵一日还[③]。
两岸猿声啼不住[④],轻舟已过万重山[⑤]。

注释 ①发:出发。白帝:城名,在今重庆奉节白帝山上。②朝:早晨,清晨。辞:辞别,告辞。彩云间:白帝城地势高峻,从山下仰望,好像在云中间。③江陵:在今湖北江陵。还:回,返回。④猿:猿猴。啼:啼叫。住:停止。⑤舟:船。万重山:一座挨着一座的大山。

导读 这是一首写景诗,作于唐肃宗乾元二年(759)春天,李白被流放夜郎途中。李白途经白帝城时,忽然接到皇帝的赦免书,惊喜交加,绝处逢生的他挥笔写下了这首名诗。这首诗运用夸张和想象的手法,描写了白帝城到江陵一段的长江,水急流速,船行在江面上就像飞一样,表现了诗人遇赦后愉快的心情。这首诗和《上三峡》前后形成了鲜明的对比。

巴陵赠贾舍人①

贾生西望忆京华②,湘浦南迁莫怨嗟③。
圣主恩深汉文帝④,怜君不遣到长沙⑤。

注释 ①巴陵:岳州,今湖南岳阳。贾舍人:贾至,唐玄宗天宝末为中书舍人,后被贬为岳州司马,在巴陵与李白相遇。②贾生:对西汉贾谊的称呼,这里诗人把贾至比作贾谊。京华:对京城的美称。③湘浦:湘江边。南迁:被贬谪、流放到南方,这里以贾谊被贬地指代贾至被贬之地岳州。怨嗟:怨恨叹息。④圣主:圣明的君子,这里反其意而用,含有讽刺意味。汉文帝:文帝召选精通诸子百家的贾谊为博士,后贬为长沙王太傅,这里用汉文帝暗讽唐玄宗。⑤长

沙:贾谊被贬谪的地方。

导读 这是一首送别诗,作于唐肃宗乾元二年(759)。李白在巴陵游历时,遇到被贬的贾至,看到他心情郁闷,于是作诗赠与他,劝慰他要乐天知命。

与史郎中钦听黄鹤楼上吹笛[①]

一为迁客去长沙[②],西望长安不见家[③]。
黄鹤楼中吹玉笛,江城五月落梅花[④]。

注释 ①郎中:官名,为朝廷各部所属的高级官员。黄鹤楼:中国四大名楼之一,旧址在今湖北武汉。②迁客:被贬谪之人。去长沙:典出《史记·屈原贾生列传》:贾谊因受权臣谗毁,被贬为长沙王太傅。诗人以贾谊自喻。③长安:唐代的都城。④江城:指江夏,今湖北武汉。落梅花:即《梅花落》,古代笛曲名。

导读 这是一首抒情诗,作于唐肃宗乾元二年(759)。李白流放夜郎途中遇赦,他东归途经江夏时,和史郎中在黄鹤楼上听笛,有感而发。

鹦 鹉 洲[①]

鹦鹉来过吴江水[②],江上洲传鹦鹉名。
鹦鹉西飞陇山去[③],芳洲之树何青青[④]。
烟开兰叶香风暖,岸夹桃花锦浪生[⑤]。
迁客此时徒极目[⑥],长洲孤月向谁明[⑦]。

注释 ①鹦鹉洲:武昌西南长江中的一个小洲。东汉名士祢衡因出言不逊被杀,曾作《鹦鹉赋》于此。②吴江:流经武昌一带的长江,因此地三国时属吴国,所以称吴江。③陇山:山名,在今陕西陇县西北。④芳洲:香草丛生之洲,这里指代鹦鹉洲。青青:树木茂盛的样子。⑤岸夹:两岸。锦浪:形容长江的浪花像锦绣一样。⑥迁客:被贬谪在外的官吏,这里指代诗人。⑦长

洲：鹦鹉洲。向谁明：照亮什么人。明：照亮。

导读 这是一首游记诗,作于唐肃宗上元元年(760)春天。诗人在流放夜郎途中被赦后,途经鹦鹉洲,和好友饮酒作诗。诗人在描写鹦鹉洲明丽春景的同时,想到东汉名士祢衡的悲惨遭遇,同时联想到自己的身世,不由得悲从中来,发出明月照谁的叹息。

夜泊牛渚怀古①

牛渚西江夜②,青天无片云③。
登舟望秋月,空忆谢将军④。
余亦能高咏⑤,斯人不可闻⑥。
明朝挂帆席⑦,枫叶落纷纷⑧。

注释 ①泊:停泊。牛渚:山名,在今安徽当涂西北。②西江:从南京以西到江西境内的一段长江,古称西江,牛渚山也位于这一段中。③青天无片云:天气晴朗一丝云都没有。④忆:想念。谢将军:指东晋镇西将军谢尚,曾镇守牛渚。秋夜谢将军泛舟牛渚赏月,正好遇到袁宏朗诵他做的《咏史》诗,得到谢将军的赞赏,两人谈到天亮,袁宏从此名声大噪,后官至东阳太守。⑤亦:

也。高咏:指诗人也能够咏诗。⑥斯人:谢尚,这里指代能够赏识李白的官员。⑦明朝:明早,明天。挂帆:扬帆。⑧纷纷:(树叶)杂乱落下的样子。

导读 这是一首咏史怀古诗,大概作于诗人稽留当涂时期。诗人登上牛渚山,怀念镇西将军谢尚提携后生的事情,叹息自己空有才华却无人能识。

哭宣城善酿纪叟①

纪叟黄泉里②,还应酿老春③。
夜台无李白④,沽酒与何人⑤?

注释 ①宣城:地名,今安徽宣城。善酿:擅长酿酒。纪叟:纪姓的一名老头。②黄泉:阴曹地府。③应:应该。老春:纪叟所酿造的酒名。④夜台:坟墓,这里借指阴间。⑤沽酒:卖酒。与:给。

导读 这是一首悼亡诗,作于唐肃宗上元二年(761),是悼念一位纪姓卖酒的老头。通过诗作可以看出李白是一个重感情之人。

夜下征虏亭①

船下广陵去②,月明征虏亭③。
山花如绣颊④,江火似流萤⑤。

注释 ①下:到……去。征虏亭:亭名,由东晋征虏将军谢石所建,故址在今江苏南京南郊。②广陵:郡名,今江苏扬州一带。③明:照亮。④颊(jiá):面颊。⑤江火:江上的渔火。流萤:飞动的萤火虫。

导读 这是一首游记诗,作于唐肃宗上元二年(761)。那年春季,诗人从金陵经过征虏亭前往广陵,沿途的夜景不由得让诗人诗兴大发,于是写下了这首诗。

临 路 歌①

大鹏飞兮振八裔②,中天摧兮力不济③。
余风激兮万世④,游扶桑兮挂石袂⑤。
后人得之传此⑥,仲尼亡兮谁为出涕⑦?

注释 ①路:应为"终"之误。②大鹏:典出《庄子·逍遥游》,传说中的大鸟。振:挥动,振动。八裔:八方荒原之地。③中天:半空。摧:折断,挫败。济:成功。④余风:遗风。激:激荡,激发。万世:千秋万代。⑤扶桑:神话传说中的大树,生长在太阳升起的东方,这里喻指皇帝。挂:悬挂,这里指代腐朽势力的阻挠。石:应作"左"。左袂:左边的袖子。⑥之:代上文。⑦仲尼亡兮谁为出涕:典出《史记·孔子世家》,相传

鲁哀公捕得一只麒麟,孔子认为它出非其时,因此哭泣。这里诗人以麒麟自喻。

导读 这首诗据说是李白自撰的墓志铭,作于唐代宗宝应元年(762)。诗人以麒麟自喻,回顾了自己的一生,流露出才未尽其用的深深遗憾和惋惜。

古风①(其三)

秦王扫六合②,虎视何雄哉!
挥剑决浮云③,诸侯尽西来。
明断自天启,大略驾群才。
收兵铸金人④,函谷正东开。
铭功会稽岭⑤,驰往琅琊台。
刑徒七十万,起土骊山隈⑥。
尚采不死药,茫然使心哀。
连弩射海鱼,长鲸正崔嵬⑦。
额鼻象五岳⑧,扬波喷云雷。
鬐鬣蔽青天⑨,何由睹蓬莱⑩?
徐市载秦女,楼船几时回?
但见三泉下,金棺葬寒灰。

注释 ①古风:古体诗,格律自由,对仗、平

仄不做要求,押韵也比较宽泛。②六合:这里说的是秦王嬴政灭六国、建立秦朝之事。③决:断,断裂。④收兵铸金人:这是说秦始皇统一中国后,收聚天下兵器铸造为十二金人的典故。⑤铭功:铭刻功绩。⑥起土骊山隈:这是说秦始皇在骊山脚下修建陵墓。隈(wēi):角落。⑦崔嵬:高大的样子。⑧额鼻象五岳:鲸鱼的额头像山岳一样大。⑨鬐鬣(qíliè):这里指鲸鱼的脊背和鱼颔上的羽状部分。⑩睹:看见。

导读 这是一首咏史怀古诗,是古风中的第三首,全面评价了秦始皇统一中国、建立霸业、铸造金人的功劳与过错,谴责了秦始皇劳民伤财、寻求仙丹等行为,指出了秦始皇身亡国破的结局,有一定的现实意义。

古风(其十)

齐有倜傥生①,鲁连特高妙②。
明月出海底③,一朝开光曜④。
却秦振英声⑤,后世仰末照⑥。
意轻千金赠⑦,顾向平原笑。
吾亦澹荡人⑧,拂衣可同调⑨。

注释 ①倜傥(tìtǎng):指男子气宇轩昂、卓越不凡的样子。②鲁连:战国时期齐国隐士鲁仲连,品德高洁。高妙:杰出,出众。③明月:典出《淮南子·说山训》高诱注:"珠有夜光、明月,生于蚌中。"这里指夜明珠。④光曜(yào):光辉。⑤却秦振英声:指鲁仲连说退秦国之事。⑥后世仰末照:后世人都敬仰他留下来的光芒。⑦意轻千

金赠:典出《史记·鲁仲连邹阳列传》,鲁仲连却秦后,他辞谢了平原君赠送他的千金。⑧澹(dàn)荡:淡泊闲适。⑨拂衣:这里指归隐。同调:志趣相投。

导读 这是一首咏史怀古诗,是古风中的第十首,赞美鲁仲连却秦救赵不取千金、功成身退的义举,寄寓着诗人自己的理想。

古风(其二十四)

大车扬飞尘,亭午暗阡陌①。
中贵多黄金②,连云开甲宅③。
路逢斗鸡者④,冠盖何辉赫⑤。
鼻息干虹霓⑥,行人皆怵惕⑦。
世无洗耳翁⑧,谁知尧与跖⑨。

注释 ①亭:正,正值。暗:使……暗。阡陌:田间小路,这里借指京城大道。阡:田间南北向的小路。陌:田间东西向的小路。②中贵:即中贵之人,这里指有权有势的宦官。③甲宅:甲等住宅。④逢:遇到。⑤冠盖:指斗鸡者的衣冠和车盖。辉赫:显赫。⑥鼻息:呼吸。干:犯,上冲。⑦怵(chù)惕:害怕,恐惧。⑧洗耳翁:上古时的许由

听说帝尧欲将王位禅让给他,他就逃于颍水之阳;后尧又欲召他为九州长,他遂以水洗耳。诗中以他喻指不慕名利的人。⑨尧与跖:尧是传说中的上古贤君。跖是春秋末年奴隶造反的领袖,被统治者称为盗跖。

导读 这是一首咏史怀古诗,是古风中的第二十四首,作于李白初入长安期间。这首诗形象地刻画了显赫的宦官和骄横跋扈的斗鸡之徒,对唐玄宗朝的腐朽政治进行了无情的揭露和谴责。

古风(其三十五)

丑女来效颦①,还家惊四邻。
寿陵失本步②,笑杀邯郸人。
一曲斐然子③,雕虫丧天真④。
棘刺造沐猴⑤,三年费精神。
功成无所用,楚楚且华身⑥。
大雅思文王,颂声久崩沦。
安得郢中质⑦,一挥成斧斤。

注释 ①丑女来效颦:典出《庄子·天运》,说的是东施效颦的故事。②寿陵失本步:典出《庄子·秋水》,说的是邯郸学步的故事。③斐然:有文采的样子。子:小的样子。④雕虫:比喻小技艺,多指文人雕辞琢句。天真:这里指文章本来的面貌。⑤棘

刺造沐猴:典出《韩非子·外储说左上》,说的是卫国人用三年时间在棘刺上雕刻了一个栩栩如生的猴子,但是却没有什么用处。⑥楚楚:鲜明华美的样子。⑦安得:哪里能够得到？郢中质:和下句"一挥成斧斤"是一个典故,典出《庄子·徐无鬼》,说的是运斤成风的故事。

导读 这是一首论诗诗,是古风中的第三十五首。诗人运用丑女效颦、邯郸学步等典故,对唐代蹈袭前人的文风进行了批判,辛辣地讽刺了形式主义的文风,同时提倡"天然去雕饰"的创作原则。

静 夜 思[①]

床前明月光,疑是地上霜[②]。
举头望明月[③],低头思故乡。

注释 ①思:思念,思绪。②疑:怀疑,猜疑。
③举头:抬起头,仰起头。

导读 这是一首思乡诗,是李白客居在扬州旅社时所写的一首五言绝句。这首在寂静的月夜思念家乡的小诗,语言直白,清新朴素,没有华丽的辞藻,没有奇特的想象,却意味深长,让人回味无穷,千百年来吸引着读者。

子夜吴歌(春歌)①

秦地罗敷女②,采桑绿水边。
素手青条上③,红妆白日鲜④。
蚕饥妾欲去⑤,五马莫留连⑥。

注释 ①子夜吴歌:原名《子夜歌》,乐府古题,属《吴声曲辞》,分为"春歌"、"夏歌"、"秋歌"、"冬歌"。因为起于吴地,所以又名《子夜吴歌》,多写悲苦之事。②秦地:指今陕西关中地区。罗敷女:罗敷是《陌上桑》的女主人公。③素:白色。青条:这里指代桑树的枝丫。④红妆:指盛装打扮的罗敷非常美丽。鲜:鲜艳明丽。⑤蚕饥:因为太守要娶罗敷做妻,罗敷以蚕儿饥饿为由婉言拒绝。妾:古代女子自称的谦辞。⑥五

马:太守出行所乘的五匹马拉的车,这里借指达官贵人。

导读 这是一首叙事诗,是《子夜吴歌》组诗中的第一首。这首诗不仅写罗敷的美貌,而且写了她的心灵之美,表现了她不慕权贵的美好品质。

子夜吴歌(夏歌)

镜湖三百里①,菡萏发荷花②。
五月西施采,人看隘若耶③。
回舟不待月④,归去越王家⑤。

注释 ①镜湖:也作鉴湖,在今浙江绍兴东南。②菡萏(hàndàn):古人称还没有开放的荷花为"菡萏"。③若耶:若耶溪,在今浙江绍兴境内,相传西施曾在此浣纱,又名"浣纱溪"。④回舟:乘舟而归。不待月:不等待月亮出来。⑤归去:偏义复词,偏于归意。越王:指越王勾践。

导读 这是一首叙事诗,是《子夜吴歌》组诗中的第二首。这首诗描写了西施的美貌,以及她被越王带回宫中,准备对吴王夫差实施美人计的事情。

菡萏发荷花

子夜吴歌(秋歌)

长安一片月①,万户捣衣声②。
秋风吹不尽,总是玉关情③。
何日平胡虏④,良人罢远征⑤?

注释 ①月:月光。②万户:千家万户,这里是虚指,言其多。捣衣:捶打衣服。③玉关:玉门关,这里指代边关之地。情:情思。④平:平定。胡虏:泛指敌人。虏:对敌人的蔑称。⑤良人:古时女子对丈夫的称呼。罢:结束。远征:远途出征。

导读 这是一首闺怨诗,是《子夜吴歌》组诗中的第三首。这首诗以秋月起兴,塑造了一位睹月思夫的妇人形象,表达了思妇希望早日结束边关战争,盼望丈夫回家的思想感情。

子夜吴歌(冬歌)

明朝驿使发①,一夜絮征袍②。
素手抽针冷,那堪把剪刀③。
裁缝寄远道④,几日到临洮⑤?

注释 ①明朝(zhāo):明天。驿使:古时传递文书的人员。②絮征袍:给出征作战所穿的棉袍铺絮,借指制作冬衣。絮:往衣服、被褥里面铺丝绵或棉花。③堪:经得起,忍受。把:持,拿。④寄:递送。⑤临洮:今甘肃定西,古代是边关重地。

导读 这是一首闺怨诗,是《子夜吴歌》组诗中的第四首。这首诗通过写妇人连夜给远在边关的丈夫赶制冬衣的这件事,表达了思妇对丈夫的关切之情。

关 山 月①

明月出天山②,苍茫云海间。
长风几万里,吹度玉门关③。
汉下白登道④,胡窥青海湾⑤。
由来征战地,不见有人还。
戍客望边色⑥,思归多苦颜⑦。
高楼当此夜⑧,叹息未应闲⑨。

注释 ①关山月:乐府古题,属《鼓角横吹曲》,多抒写离别哀伤之情。②天山:指祁连山,位于今青海、甘肃两省交界处。③玉门关:古关名,故址在今甘肃敦煌西北,是唐代通往西域的重要关口。④下:出兵。白登:今山西大同东北处白登山。⑤胡:胡人,这里指吐蕃。窥:窥伺,偷看。青海湾:

即青海湖。⑥戍客:驻守边疆的士兵。⑦苦颜:因为思归而使颜面有悲苦之色。⑧高楼:古诗中多以高楼指闺阁,这里代指思夫之妇。⑨闲:清闲,空闲。

导读 这是一首反战诗,创作时间不详。诗人通过描写边塞风光,书写了边塞战士艰苦的生活,讽喻唐朝穷兵黩武的现实,表现了作者反对战争的主题。

山中与幽人对酌①

两人对酌山花开,一杯一杯复一杯。
我醉欲眠卿且去②,明朝有意抱琴来。

注释 ①幽人:隐逸之高士。对酌:对饮,饮酒。②典出《宋书·陶潜传》:陶渊明不懂音乐,但是家里收藏了一把没有琴弦的古琴,每当喝酒的时候就抚摸古琴,对来访者无论贵贱,有酒就摆出共饮,如果陶渊明先醉,便对客人说:"我醉欲眠卿可去。"这里诗人以陶渊明自喻。眠:睡觉。卿:对对方的敬称。

导读 这是一首场面描写诗,具体写作时间不详。这首诗描写的是一次平常不过的饮酒场面,把诗人和隐逸之高士随心所欲、不拘礼节的快意之情表现得淋漓尽致。

夜宿山寺①

危楼高百尺②,手可摘星辰③。
不敢高声语④,恐惊天上人⑤。

注释 ①宿:住宿,过夜。②危楼:高楼,这里指山顶的寺庙。百尺:虚指,不是实数,这里形容楼很高。③摘:摘取。星辰:星星。④语:说话。⑤恐惊:担心惊动。

导读 这是一首写景诗,具体写作时间不详。诗人夜宿在一座深山寺庙里,发现寺庙后面有一座高楼,于是登楼远望,看到星光闪烁,便写下了这首纪游写景的诗。

菩萨蛮①

平林漠漠烟如织②,寒山一带伤心碧③。暝色入高楼④,有人楼上愁。

玉阶空伫立⑤,宿鸟归飞急⑥。何处是归程?长亭更短亭⑦。

注释 ①菩萨蛮:又名《子夜歌》,唐教坊曲名,后来用作词调名,双调,四十四字。上片四句二十四字,下片四句二十字。②平林:平地上的树林。漠漠:迷离广袤的样子。烟如织:形容烟雾浓密的样子。③伤心碧:令人伤心的碧绿色。④暝色:夜色,暮色。入:上,进入。⑤玉阶:用白玉做的精美的台阶。伫立:久久地站立。⑥宿鸟:夜幕降临后归巢的鸟。⑦亭:古代道路两

旁供人休息的建筑物。十里一长亭,五里一短亭。更:连接。

导读 这是一首思归词。这首词采用客观描写和主观描绘的方法,抒发暮色苍茫之际,离乡游子的思归之情,可以说是唐代文人词中上乘之作。

平林漠漠烟如织

忆 秦 娥①

箫声咽②,秦娥梦断秦楼月③。秦楼月,年年柳色,灞陵伤别④。乐游原上清秋节⑤,咸阳古道音尘绝⑥。音尘绝,西风残照,汉家陵阙⑦。

注释 ①忆秦娥:词牌名,又名《秦楼月》。双调,四十六字。上、下片各五句。秦娥:这里指代美女。②箫声咽(yè):箫声呜咽凄切。③梦断:梦被(箫声)打断。④灞陵:汉文帝的陵墓,附近有灞桥,古人送别一般送到这里分手。⑤乐游原:汉宣帝的乐游苑,故址位于陕西西安东南郊,唐代著名的游览地。清秋节:即九九重阳节,此日有登高饮酒等风俗。⑥咸阳古道:这里指代长

安大道。⑦阙:墓道前两边的石牌坊。

导读 这是一首闺怨词,这首词借秦地女子的口吻,描述了她思念远方爱人而不得的悲伤迷离、哀婉欲绝的痛苦之情。